氷濤
（ひょうとう）

冨田 巖

あんずの丘の隈部親永公銅像

守山城跡地

守山城から院の馬場方面

安芸守奥方が供養に訪れた西安寺跡

西安寺跡

明治以降の上永野墓所

姫井冨田家墓（鹿央町）

小楠野地形

小楠野地形

小楠野冨田墓石

小楠野墓誌

小楠野安芸守之霊

小楠野安芸父子碑

祝隈部館跡国指定幟旗

案内標識

隈部館への案内板

隈部館跡の枡形石垣

隈部神社

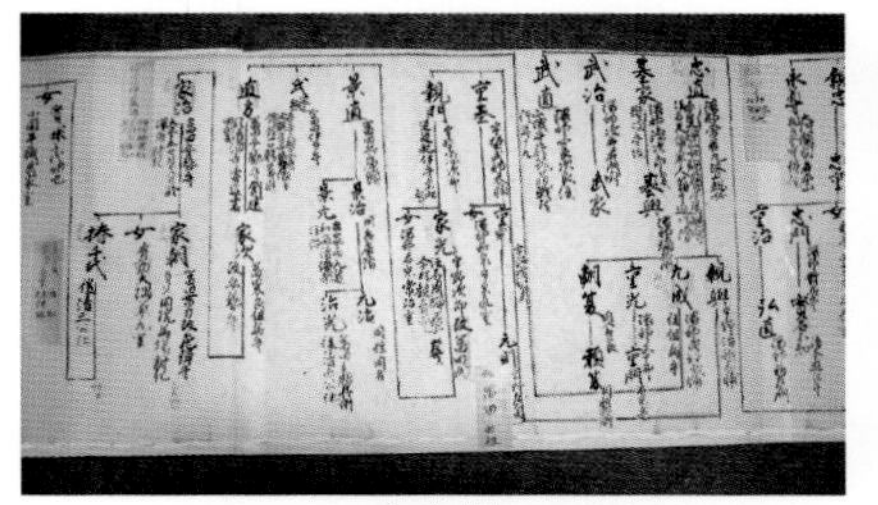

家宝帳

隈府の忠直の墓所

隈部忠直公の墓

宇野総理隈部祠お忍詣

「冨田さん」と呼ばれる津袋工藤家にある祠

安芸守邸宅跡

鷹の水の大岩

上内田今村の入り口

今村観音があったといわれる今村菅原神社

昔観音寺は相良山八合目にあった

相良観音

相良寺傍の宇野さん墓石

安芸守墓所の大ツツジ

平助七代の墓

光厳寺二十一代住職

背面からの平助七代の墓

安芸守当時の墓

飛騨守当時の墓

平助六代の墓

冨田家の由来を記した石碑

六代平助の墓

六代平助の墓

整備後の安芸守墓

手前から六代平助、右は飛騨守、左はご先祖供養塔

供養塔とシャクナゲ

430回忌法要（光厳寺二十二代住職）

430回忌法要

もくじ

第四章

序章

この史実に基づくファミリーヒストリーは天正一五年七月二八日（一五八七）の戦国末期の時代である。戦に敗北した冨田安芸守家治の奥方が守山城陥落で辿った人生を『氷筍』（二〇一四年）の題名で出版した。

守山城陥落後、戦火の中を脱出する際に安芸守奥方と離れ離れになってしまい逃避した冨田安芸守家治の長男の飛騨守家朝の奥方が辿った人生を『氷濤』として出版することにした。

系図をたどりどのように戦火から脱出し身の安全を確保したのかを現存する歴史資料を基にして書き下したものである。

時は天正一五年（一五八七）七月一〇日　佐々成政と隈部親永は国主佐々成政の示した新しい検地の仕方をめぐり戦となった。

その戦場となったのが隈部親永の居城　守山城のある菊池隈府であった。
隈部親永は菊池氏の家臣となった後、上永野に土着し猿返し城を築きその麓に日常暮らす館を住まいとしていた。

祖父隈部貞明（二六代）の時代に上永野山麓に土着し、父隈部親家（二七代）と隈部親永（二八代）がここに米山城、猿返し城を築いた。
祖父は一五三九年六月一〇日没、父は天正一〇年六月一九日没、法名高山順大居士
双方とも上永野清譚寺にて葬儀。

隈部一族は一二六四年、菊池武房の家臣となり宇野源四郎を隈部持直と改名した。隈部親永まで三世代に渡り鹿本・山鹿の地を領地とした。

清譚寺境内墓所には隈部貞明（二六代）　天文八年（一五三九）年六月一〇日卒
隈部親家（二七代）　天正一〇年（一五八二）六月一九日卒　法名高山順居士の墓石があ

る。

親永（二八代）は天正一六年（一五八八）六月二〇日（五月二七日旧暦）柳川藩主立花宗茂の預かりとなり肥後国衆一揆の責任を問われて切腹する代わりに武士の情けをもって、名誉ある逝去の在り方として、宗茂の計らいで部下と共に一対一の闘いによる柳川黒門橋の戦いで逝去した。今は隈部神社の後ろ麓に分骨された墓所がある。

戒名：仙空　官位：刑部充　但馬守。

長男親泰　城村城城主　二男鎮房　内空閑へ養子城主に。

菊池氏勢力の時代、赤星氏・城氏・隈部氏の三氏は菊池氏御三家の重臣として大友氏から独立し勤めた。しかし、菊池一族の衰退とともに各々の領地問題で争いが勃発した。

一五五九年（永禄二年）菊池三家の赤星道雲と合瀬川の闘いで大雨の悪天候の中　隈部軍が攻め込んで勝利、菊池の守山城主として菊池川一帯を所領として統治した。その古戦場には頭郷という地名が現在もあるが兵士の死体が転がり埋葬したところであると知る人ぞ、知るの世界もある。

隈部親永は一五五九年から一五八七年七月二八日まで菊池市隈府の菊池一族の所縁の城「守山城」に赤星氏に代わり佐々成政との国衆一揆まで依拠した。

冨田安芸守家治が隈部親永の一の家老に任じられたのは、血統は隈部家だったからである。それは隈部忠直（二二代　一四二六～一四九四）の長男を宗家の宇野家の家督相続のために養子へ、他方二男元成（二三代）が隈部家を相続した。

養子縁組をした宇野親興の嫡男宇野親門の長男宇野家光が冨田次郎（一五四七没）と改名、冨田姓の祖となった。

つまり、隈部親永と冨田安芸守家治は同じ血統の隈部家である。ここに親永と家治の忠誠心は揺らぐことはなかったのである。

系図によると平安時代の源義賢にさかのぼり姓の変遷を辿ると　源から宇野へ一二六四年

（文永元年）菊池武房から宇野姓さらに隈部姓を与えられ、隈部持直が隈部姓の祖となった。菊池氏の家臣として上永野郷に依拠する。

面白いことは「隈部」は現菊池市隈府の古い地名であり、町の中心を「隈部の府」と呼ばれていたことから「隈府」の現地名となった。

源→宇野→隈部→宇野→冨田の姓―と変遷した日本文化の歴史をたどると、その中で隈部親永を現在の菊鹿町上永野地区では親永は先祖代々の肥後国のご先祖ではなく、関西方面から九州へ、最初は現山鹿市御岳に居住し、菊池氏に見込まれて家臣となり菊池氏の三家臣、赤星家・城家・隈部家として菊池氏勢力衰退の時代となる。地元歴史研究家では「隈部親永は清和天皇の家系」と伝えられている。

清和天皇とは文徳天皇の第四皇子　母は太政大臣　藤原良房の娘。

嘉祥三年三月二五日（八五〇年五月一〇日）～元慶四年一二月四日（八八一年一月七日）三一歳卒、五六代天皇に即位、天安二年一一月七日（八五八年一二月一五日）～貞觀一八年

一月二九日（八七六年一二月一二日）まで在位した。

外祖父藤原良房が後見の元惟喬親王を退けて皇太子となった。文徳天皇（五五代）の崩御に伴い、わずか九歳で即位。良房を正式に摂政に任命した。

二年半後に貞明親王（陽成天皇）に譲位。元慶三年（八七九）五月に出家した。丹波国水尾を隠棲の地と定めて寺を建造中に三一歳で病死した。

祖とされる清和源氏は大和源氏とは一流である。その支流・分家は家祖は源頼親で摂津川辺郡（大和国）、次の姓を名乗っていた。

宇野氏・豊島氏・大和越智氏・陸奥石川氏・太田氏・隈部氏・高木氏・伊予大森氏などいずれも武家一族である。

このことから隈部家系図に記録されている二代源義賢から三代源仲満へと繋がっている。

ここに隈部親永の先祖は清和天皇と地域では伝わっている由縁である。

一六代宇野源四郎が菊池武房の命により隈部持直となり隈部姓の家祖となった。

二二代隈部忠直の長男は宇野家家督相続のため養子となり宇野親興を名乗り、親興の二男親門の長男宇野家光が冨田次郎に改名、冨田姓の家祖（隈部家代々物語にも記録あり）となる。冨田姓は血統が隈部家・宗家が宇野家と称されている。

肥後国衆一揆で菊池隈府戦場にて斬り死にした冨田安芸守家治とその長男飛騨守家朝の家系の背景を序章にて述べた戦後ロマンを探訪していただければ幸いである。

第一章

一、太閤秀吉の九州征伐

我が先祖のファミリーヒストリーで不可欠な史実は、太閤秀吉の薩摩征伐に至る経緯である。何故、秀吉が九州征伐を敢行したのか。薩摩征伐の結果、凱旋帰路の途中、秀吉は佐々成政を突然肥後の国主に命じた。佐々成政の新検地を肥後の五二の国衆に命じた。肥後北部の国衆　隈部親永は秀吉から所領を安堵されていたことで猛反対し、国衆一揆へと突入していった。そのことを時系列に認識する必要がある。

天正一三年（一五八五）八月に四国平定を成し遂げた太閤秀吉は、天下統一まで残すは九州と北条氏の関東の一部だけとなった時代。

その頃の九州地方では、薩摩の島津義久の勢力が南九州から中九州を制圧していた。さらに東から北九州制圧ももくろんでいて、大きな勢力を持っていた。

島津義久による危機を強く受け止めた大友宗麟。

豊後（東九州・現大分県）の大友宗麟は島津氏の圧迫を回避するために、天下統一の道を目前としていた秀吉の援軍を求めた。

これを受けて、秀吉は一五八五年一〇月に島津氏と大友氏に対して、朝廷の権威によって九州停止令を発令した。

◎太閤秀吉の出陣へ

秀吉が発令した九州停止令に対して、大友宗麟はすぐに受け入れたものの、島津義久はなかなか応じなかった。

そこで翌年の一五八六年三月に、秀吉は島津氏の占領地を大友氏に返還する「国分案」を提示するものの、これも島津氏側は拒否した。

さらに、島津義久は秀吉の調停案を無視、大友氏への攻撃を再開したので、ついに秀吉は島津氏討伐のために「九州攻め」に踏み切った。

ここにきて、豊臣秀吉（この年の九月に豊臣の姓を賜っていた。それまでは羽柴秀吉）は諸国の大名に九州征伐を行うことを宣言し、四〇カ国に近い諸国に号令をかけて準備周到翌一五八七年（天正一五年）三月についに秀吉は自ら大阪を出陣する。九州攻めの秀吉軍は、ゆうに二五万人を超える大軍と二万騎もの軍馬を率きつれていた。

九州に入ってからは、秀吉率いる肥後（熊本）南下軍と秀長率いる日向（宮崎）南下軍に分かれた。

秀吉出陣以降は、圧倒的勢力により島津勢は瞬く間に南九州の本来の統治領域まで押し戻され、薩摩国出水を経て古代薩摩国の国府が置かれていた川内で最後の応戦に挑んだ。

◎薩摩川内での戦いへ

秀吉軍の先鋒小西行長、脇坂安治、加藤嘉明は水軍を率いて、川内川河口から薩摩の出城、平佐城（現：平佐町川内駅東側平佐西小学校付近）を目指すが、途中、高江の猫岳の丘に登り、眼下の平佐城側にある安養寺に陣を張って、秀吉の本陣であるかのごとく一晩中松明を焚いて平佐城を威嚇した。

四月二八日には、小西行長、脇坂安治・九鬼嘉隆ら名うての武将率いる軍勢八、〇〇〇人余が平佐城を攻め立てた。守は、平佐城主桂忠昉（かつらただあきら）とわずか三〇〇人の兵であった。忠昉らは、それまでの戦いに出兵し、二四日に帰城したばかりだった。この時入来清色城主入来院重時も数十人の家臣と入城して徹底的な抗戦をした。

平佐城は島津領西側の要の城で不落城と評されていたようだが、大軍団による秀吉の強い攻撃にも徹底応戦し、折からの梅雨（当時の四月下旬は現代の六月上旬）により城を取り囲む水田がぬかるみとなり、城はなかなか落ちなかったが、勝敗の行方は明らかだった。

大軍に囲まれて孤軍奮闘の桂はなおも戦意旺盛だったが、薩摩の総大将島津義久が説得して降伏を決めたのである。数日後、義久は降参して秀吉と川内の地で和睦をすることになる。和睦後桂忠昉は、秀吉から武勇を称えられ宝寿の短刀一振りを与えられた。

秀吉軍の先鋒が平佐城での戦いに苦戦しているとき、実は秀吉は、まだ川内の地にいなかった。このころ薩摩の西北端出水にいて、既に勝利を確信していたようである。それは、島津領の出水を治めていた島津の分家の島津忠永が秀吉軍に抵抗もせず早々と降参してしまったからであった。

◎秀吉の川内入り

出水に滞在していた秀吉は川内での苦戦を聞き、五月二日に川内の高城に入り、翌三日に川内川の北岸、大小路の泰平寺に本陣を敷いている。

ここで島津の総大将義久の出方を待つことにした。

この時、義久は降伏を表明しており、平佐城は実質落ちたにもかかわらず、秀吉は本陣を平佐城に移さず、その後も鹿児島に攻め入ることもなく、本陣を泰平寺に置いたままで講和会見まで持ち込んだ。

このことは、薩摩川内の地理をよく知っている人なら、その理由が推測できるだろう。川内川は九州で二番目に長い川である。その川が最下流の薩摩川内の地で東西に横切っている。このあたりの川幅は堤防ができた現在でもおよそ二〇〇m、当時はもっと広かったと思われる。

泰平寺はその北岸、つまり、秀吉が攻め入って来た側にある。しかもこの時は梅雨期で川の水量も多かった。いかに八万の大軍とは言えこの大河を無理に渡り島津の領地に攻め入っては、秀吉自身に及ぶ危険が大きいと思ったからだろう。

後に秀吉についていたキリスト教宣教師のフロイドは、こう記している。

当時、泰平寺は、大きな伽藍のほか茶園など広大な土地があったといわれているが、その丘陵地にたなびく旗印は勇壮なものであった。

また、大河川内川には軍船や食糧・物資供給用の船も停泊し、それに秀吉の威勢を表現するパーフォーマンスも加わって、これまで川内川では見たこともないような荘厳な光景だったに違いなく、これを川向で迎え撃つ島津方は、川内川以北の光景に間違いなく圧倒されたようである。

このような状況の中、これ以上の戦いは得策ではなく、戦経験豊富な秀吉は、ここぞ決戦の場と決め終戦に持ち込もうと考えていた。

このころ、南海の虎と恐れられていた島津のもうひとつの軍団は島津領の東境（日向側）にいた。豊臣秀長率いる軍に南九州まで押し戻されていたのである。一時島津に占領されていた諸国の武士たちは、秀吉の進軍に秀吉側のゲリラとなって戦う者もおり、島津軍は心身ともに大変なダメージを負っていた。義久は死を覚悟して、すでに鹿児島に退き、五月六日には秀吉に降伏して謁見するため鹿児島を発った。

五月七日夕刻、日向にいた豊臣秀長から、島津氏が降伏を申し出たとの知らせが秀吉のもとに届き、秀吉は即刻全軍に休戦命令を出した。

◎秀吉・義久、泰平寺にて和睦

義久は従者一〇人ほどを供に鹿児島の本城を出発して、途中五月七日には伊集院に立ち寄り生母「雪窓院」の墓参をした。また、この地の禅寺で剃髪して得度し、僧籍を得て名を龍伯と改め、丸腰となって川内に向かった。

秀吉が川内に本陣を敷いて六日後の五月八日、いよいよ義久（龍伯）は泰平寺に到着、既に一人だけとなっていた従者も留められ、黒染めの衣を纏って、条件であった丸腰のまま、たったひとりで境内に進み、動じることなく凛とした態度で望んだ。

静かに平伏する義久に対し、秀吉は「龍伯殿よくぞ参られた。さあさあ、もっと近くへ参られよと」上機嫌に声をかけたという。そして、「腰の当たり少々お寂しいご様子」と言って自らの手で刀を義久（龍伯）に渡したという。強国の大将がその余力を残したまま降参したのである。

腹心無きことをその装束で示す龍伯に対し、それに応じた秀吉流の真摯な態度であったと評されている。

普通なら毒を盛った酒で惨めに毒殺されてもしょうがない場面となるのだが。秀吉は義久（龍伯）がその一命は既に無きものとしてこの座に望んでいることは充分理解していたようだった。秀吉は、天下人らしく深い思慮のもとに義久を許し、義久には旧島津領の薩摩をそのまま与えた。

ここに、和睦が成立し、泰平寺にあった岩で組んだ講和の印が和睦石と今も呼ばれる。

◎肥後国主に佐々成政を

川内の泰平寺から北に向かった秀吉本隊は六月七日、筑前筥崎（福岡市東区箱崎）に到着、筥崎八幡宮で九州国分令を発した。

五月一三日　秀吉は羽柴秀長へ全一一ヶ条の「条々」を下す。大隅・日向両国の「人質」解放を命令したこと、長宗我部信親の戦死を悼み大隅国を長宗我部元親へ下す予定、島津義久降伏の様子、黒田孝高を添えて毛利輝元、小早川隆景、吉川元長を薩摩国に移陣させること、志賀親善の忠節に報い大友宗麟の判断で日向国内に城を与えること、大友義統と談議し豊後国内の不要な城の破却命令、日向国における大友宗麟の知行取分は大友宗麟の覚悟次第とすること、宇喜多秀家、宮部継潤、蜂須賀家政、尾藤知宣、黒田孝高に日向国、大隅国、豊後国の城普請および城わりを命令、豊前国の不要な城の破却と豊後・豊前国間に一城構築すべきこと、越権行為は成敗することを通達。（大友家文書録）

島津氏に関しての沙汰は、筥崎での九州仕置発表に先立つ五月中にすでになされていた。島津氏は、最終的に、九州において新たに獲得した地域の大部分を没収されたが、石田三成と伊集院忠棟による戦後処理の結果、薩摩・大隅の二国に日向の諸県郡が安堵された。義久（龍伯）に薩摩一国、義弘に大隅と日向諸県郡、義弘の子島津久保には諸県郡のうち真幸院があたえられた。家久は佐土原城を明け渡し、秀長とともに上方へのぼろうという矢先の六月五日に急死した。病死とも毒殺ともいわれているが、家久の嫡子島津豊久には日向の都於郡（西都市）と佐土原が安堵された。

秀吉は秀長に、大友宗麟に日向一国を与えて伊東祐兵をその与力とし、伊集院忠棟領一郡を除く大隅を戸次川の戦いで嫡男信親を失った長宗我部元親に与える計画を伝えた。

これは、秀吉が秀長に宛てた天正一五年五月一三日付の書状に残されているが、宗麟と元親はともに固辞したため実行にうつされなかった。なお、宗麟はこの年の五月二三日、隠居の地とした豊後津久見（大分県津久見市）において死去している。

肥後国は大半が佐々成政に与えられ、肥後国衆がその家臣団として旧領を安堵された。

（出典：ウィキペディア　フリー百科事典）

二、隈本城を取り巻く戦国の流れ

・・・新肥後国主佐々成政と肥後国衆隈部親永・・・

◎佐々成政とはどんな人

天正一五年（一五八七）の九州征伐で功をあげたことを契機に、その後の九州国分では肥後一国を与えられた。秀吉は早急な改革を慎むように指示したとも言われる。病を得ていたとも言われる成政は、早速に検地を行おうとするがそれに反発する隈部親永を中心とする国人が一斉蜂起し、これを自力で鎮めることができなかった（肥後国衆一揆）。

翌天正一六年（一五八八）二月（旧暦）、成政は謝罪のため大阪に出向いたが、秀吉に面会を拒否され尼崎に幽閉される。この失政の責めを受け、安国寺恵瓊による助命嘆願も効果はなく、そのまま幽閉された後、加藤清正（二五歳）立ち合いで摂津国尼崎の法園寺にて切腹させられた。

◎隈本城主の変遷

室町時代の文明年間（一四六九年－一四八七年）に肥後守護菊池氏の一族・出田秀信が千葉城（ちばじょう、現在の千葉城町）を築いたのが始まりである。

そもそも隈本城は熊本千葉城にあり、鹿子木親員（寂心）城主で三代目鹿子木鎮有の時代に大友宗麟に追われた。島津に属していた城親冬の孫、城久基が居城していた。一五八七年秀吉の薩摩征伐を機に、隈本城を明け渡し筑後国へ移った。

それで隈本城は城主が不在となり、そこに太閤秀吉が鹿児島川内から大阪へ戻る途中、突然、肥後南関で佐々成政を肥後国主に任じた。

その魂胆は、秀吉は軍事態勢づくりとして、豊前の黒田如水と森吉成、肥後の佐々成政の実践的武将を配置し軍事体制づくりを目ざしたかったのだった。

他方、出田氏の力が衰え、大永・享禄年間（一五二一年－一五三一年）に菊池氏は代わりに託麻・飽田・山本・玉名四郡に所領を持つ鹿子木親員（寂心）に隈本城（くまもとじょう、現在の古城町）を築かせて入れた。寂心は藤崎八旛宮の遷宮を行い、一五二九年（享禄二年）に後奈良天皇の綸旨、一五四二年（天文一一年）には勅額の下賜を得ている。一五五〇年（天文一九年）、豊後守護大友義鑑が家臣の謀反により殺されると、義鑑の弟で菊池氏を嗣ぎ、かつ義鑑と敵対していた守護菊池義武が隈本城に入り、寂心の孫・鹿子木鎮有はこれを迎え入れた。

しかし、義鑑の子・大友義鎮により追われ、以後は大友氏に協力した城親冬が隈本城に居城することになった。

一五八七年（天正一五年）、豊臣秀吉の九州平定に際し、薩摩の島津氏に属していた親冬の孫・城久基は隈本城を秀吉と戦わずして明け渡して筑後国に移った。

秀吉の御伽衆・大村由己の『九州御動座記』には「此所は肥後の府中なり、城十郎太郎（久基）と云者相踏候、数年相拵たる名城なり」と記す。また、秀吉が一柳直末に送った朱印状の中で「肥後は然るべき国に候間、羽柴陸奥守（佐々成政）おかせられ候、熊本名城に候間、居城として御普請仰せ付けられ候」と述べられている。

新たに突然、肥後の領主となり隈本城に入った佐々成政は何の石高も与えらていなかったので家臣や兵の兵糧を確保する窮地に立たされて、秀吉の指示に反して検地を強行し、隈部親永を筆頭に肥後国衆一揆を引き起こす。この時、隈本城は国人衆による猛攻を受けたが、城代の神保氏張が死守して落城は免れている。一五八八年（天正一六年）、成政は切腹を命じられ人生を終えた。

その後、加藤清正が肥後北半国一九万五、〇〇〇石の領主となり隈本城に入った。

肥後南半国は小西行長の所領となった。

（出典：ウィキペディア　フリー百科辞典）

三、薩摩征伐

・天正一五年三月一日　秀吉大阪城より出陣　大阪から小倉へ海路で兵力は　二万五千人
・三月二八日　九州上陸し　小倉城に入る
◎秀吉軍の陸路部隊の経路（出典：増補改訂肥後国衆一揆）
・四月一一日　南関着
・四月一二日　秀吉肥後国衆たちに旧領地安堵の朱印状渡す
・四月一三日　高瀬着二泊
・四月一六日　隈本着三泊　背後警備責任武将は浅野長吉が
・四月一九日　八代着四泊（木山・隈庄・三船・宇土・小川経由）
　三船：福島正則が
　宇土：加藤清正が　他黒田義高など
・四月二五日　佐敷着一拍
・四月二六日　水俣から出水へ
・四月二七日　鹿児島出水に入る

・四月二八日　川内　平佐城の戦い
・五月一日　阿久根に入る
・五月三日　泰平寺に入る　本陣を置く
・五月六日　島津義久降伏を申し出て戦を回避し　龍伯と号し降伏する
・五月八日　義久（龍伯）　泰平寺に赴き　正式に降伏し和平が成立
　　義久　伊集院の禅寺雪窓院で剃髪し得度し
　　僧籍を得て「龍伯」と名を改めて
　　秀吉の川内泰平寺本陣へ向かう
　　たった一人で動じることなく凛とした態度で会う
　　秀吉は龍伯を赦免する
・五月一八日　陸路にて泰平寺を発ち　陸路で箱崎へ向かう
・五月二三日　大友義鎮（宗麟）　豊後津久見にて死去
・五月二五日　秀吉　大隅を島津義弘に　日向の一部を島津久保に与える
・五月二七日　秀吉　薩摩より引き上げる
・六月二日　帰路途中　佐々成政に肥後国主を任ずる

・六月六日　佐々成政　隈本城に入る
・六月七日　筑前箱崎に着く
・七月一日　肥後国衆五二人　国主佐々成政と謁見の儀
・七月四日　太閤秀吉　大阪城に着く
※隈本城は城久基が城明け渡しのため佐々成政が任じられる

第二章

一、佐々大名に謁見する国侍五二人

天正一五年六月二日（旧暦）太閤秀吉は薩摩川内から大阪へ帰る途上、薩摩征伐に功労した武将の中から佐々成政（陸奥守）に城主のいない隈本、肥後国主を任じた。

薩摩征伐が始まる前に隈本城主城久基が秀吉へ城を明け渡したので国主はいなくなっていた。佐々成政にしても予期せぬ秀吉からのご褒美であった。

しかし、肥後国主を任じられたものの石高は示されなかった。そこに成政の苦悩の肥後国統治が始まる。

そんな中、六月六日　佐々成政は標高三八ｍの地にある隈本城に入る。

成政にとって、国主を任ぜられたものの石高が与えられなかったので、何はさておいても、家臣や兵士たちの賄はどうすべきかが緊急の城主としての急務であった。

七月一日（旧暦）、新しく佐々殿の居城となった隈本城の城中で、佐々成政は肥後土着の国衆たちに謁見の儀を催し、さらに新しく検地を実施したいと申し出たのである。

隈本城の大楠の枝の合間から、夏の涼しい風が謁見している会場にそよ風となって吹き込んでいた。国主から新しい検地の方法について説明を聞いた五二人の肥後国衆たち、お互いに顔を見合わせながら、これまで聞いていなかった話を聞いて考えこみ始めた。

五二人の国衆たちは、一段低い位置にて座して殿佐々陸奥守成政のお出ましを待った。城引き渡しをするために前城主だった城越前守久基も時間の到来を心待ちにしていた。

越前守がそっと冨田但馬守家治にささやかれた。

「こう、待つ身となると何となく落ち着かぬ心地がいたすものですなあ」

「さよう、先方がどんな武将か不案内なひと故、この目で見るまでは気が重とうての う」と隈部但馬守親永がそう言って苦笑すると、城越前守久基は言葉を続けた。「信長殿御存命のころは黒母衣衆の一人として名ある武将であると承るのだが・・・・」と城越前守は話された。

そんなお話から推し量ると城越前守は隈部但馬守親永よりも、なお一層屈伏心理にとらわれていたようであった。

それも無理からぬ面があった。

何故ならば、この隈本城は代々城越前守の祖宗より領されていたものであったから、この隈本城が佐々成政殿の肥後の大名に補されるに及び、城越前守久基が城を明け渡し譲りすることになったのだから、心中は大変複雑な思いをされたのに違いなかった。

そのほか甲斐宗立を初め国侍衆のみなみな方も、大同小異の心理状態であったと見えて、あちこちから密やかなささやきが交わされていた。

待たされてもう小半刻はたち末の下刻に近い時間が流れていた。

隈部親永は見るともなしに、矢狭間を通して櫓の外界に目を向けて時を待った。

外は焼けた白い熱気が照り返していて、少し見つめていると目が痛くなるようだった。櫓の中は小暗く、絶えず狭間格子から微風が吹き込んでいたので、幸い流る汗とともならず待つ身のじりじり高ぶる気を和らげる涼となっていた。

櫓の外のどこか樹木の陰に但馬守親永を初め国侍の歴々に従ってきた共の侍たちがいるはずであるが、それらしい者たちのざわめきも、物具の触れ合う音も聞こえて来ず妙に静まり返っていた。

城方の手によって、城中の奥の方にでもその溜り場が移されたのであったのだろうか。

但馬守親永はもしそうだとしたら、佐々殿がいかにもやりそうなことだと思った。少し警戒の度が過ぎるような気がした。

しかし、城方の立場に立てば無理のない策であろうと思った。

但馬守親永にすればそれは孤立化し不安なことなので、矢狭間から見える外山に目を向けていた視線を越前守久基に移して、

「外は暑気もきついようでござる。見られい、狭間の向こうに見えるうつる白い熱気を」と。

それから声を少し落とされて

「こちら、右の狭間の外はすぐに濠の水であったと思うが、越前殿はよくご存じのはず・・・」

「いや、濠は大手から西の方、北へ回ってもうけてあるはずでござる。この櫓の右側は坪井川の水をもって護りを固めるよう地割がなされてござる」と越前守久基が話し、

「それは儂としたことがうかつなことを。それにしても、ここを城と定められた御先代の優れたお眼識は感服の他はございませせぬ」と但馬守。

「さよう、地の利を得ていますが、この越前にとっては何の益にもなり申さぬ。事が起きれば。かえって某や、また但馬守を苦しめることにもなり兼ねますまい」

「いや、如何にも。しかし、そのようなことに相成らぬよう深く心いたさねばならぬ。この但馬も、越前殿もお互いに自重が肝要だと存ずる」

但馬守は自分でもこれまで肥後国衆侍の筆頭として羽振りを利かしてきたのに、どうして今日は弱気とまではいかないが、常に慎重を期したのか不理解だったと、後日、慎重を期したにも関わらず佐々殿と事を構えるようになってからその心情を家臣に話したのだった。

ようやく佐々殿が謁見の席におでましになった。

初めて見る佐々陸奥守成政は、但馬守親永が想像していたより背丈はかなり高く長身だった。だが背丈のわりに不釣り合いに怒り肩だった。

顔色は案外白く顎髭の剃り後も青く、ぴんと張った八の字型の鼻ひげ、如何にも見た眼は畿内で名のある武将たちのようだった。

他方隈部但馬守親永は佐々殿の外貌の無難さに比べて、相手へ向ける眼差しが絶えず小刻みに揺れているようで定まらず、性急な性分もあおりのように見られた。

上座につくもの。下座にひかえるもののお互いに作法通り所作があって、但馬守親永は佐々殿と初対面の儀をおこなった。

佐々殿に随う家臣とも面識をえられた。

時分時であったので昼食が用意され酒も出され、型通りの見知りの会食であった。被征服者に立っているわけではないが、すでに初めから臣下の礼をとらされているようなものだった。

会食と言えども、はなはだ窮屈で大儀な時間であったようだ。自由に席を離れるわけにもいかなかった。

但馬守が佐々殿を観察していたのと同じように時間が経つにつれて佐々殿も個々の国侍について観察ができるようなった。

国侍の中で佐々殿が一番心安く付き合いやすい相手として気に留められたのが、越前守久基前隈本城主であった。

偶然と言えば偶然であるが、なんとも出来過ぎた巡り合わせだった。城を去るものと城にはいるものとの巡り合わせだから偶然な出会いだった。

越前守久基には生まれながらにして身に着いたまるやかな徳気をもっていたからだ。それが相手の心に取り入るような言辞は、片句たりともだされるような人柄とも思えぬ。佐々殿が珍しく盃を下しながら

「越前殿、そこ許にはひどく相すまぬ気がいたすが、何分よろしく願うぞ」と。

するとと越前守は屈託のない調子で話された。

「さように仰せられますと某、かえって言葉がございませぬ。殿が仰せられたのでふと気づいたことですが、某は宗祖が開いた城を後に器量人にお譲りする定めのようでございます」

「城を譲る定めとなぁ、それはまた何故じゃ」と佐々殿。

「はぁ、某の宗祖越前守六郎隆紀と申すものが、山鹿城村城を築きましたが、某がここへ移る際これなる但馬守の長子式部大輔殿にお譲りし、今、この度は殿に本城をお譲り申す次第、いずれも戦場での勝敗の結果にあらずして、情誼による授受でござれば某一分一厘ほどの異存もござりませぬ」と。

「そこ許の申しよう、この成政、深く心にとめておくぞ」と素直に礼を述べ、佐々殿は大変感服したようだった。

一方、但馬守親永と佐々殿がもうこの時点でやや険悪な関係に運命づけられたのは偶然たる以上のものがあった。

佐々殿は自分の思惑が案に相違して、これら国侍の中でさ程重く見られていないことを昼食会席の観察の結果から悟った。

当時、衰退の際に望んでいた阿蘇家の幼主惟光、惟善兄弟を隈本城に招き、「名門阿蘇殿を絶やしてはならぬ。ご兄弟いまだ幼いと言えども尊き神の裔である」と礼を尽くし俸禄を元に復しておやりになった。

このことは国侍の間ではもっぱら、佐々殿が肥後に就封するにあたり、われら国侍の心証をよくしようとの下心あっての措置だという見解であった。

佐々殿も強いてこれら国侍の見解を打ち消すようなことはなさらず知らぬ素振りをとられた。

阿蘇家は先年の島津征伐時、幼き故を以て太閤秀吉を迎えなかったので、不興を蒙り一たびは所領を召し上げられてしまったが、後に佐々殿のこのような思い切った措置で、矢部の旧領三百町を与えられ辛うじて社領を保つことができた。

そのような不興を蒙つた惟光、惟善兄弟を佐々殿が厚く遇されたのは、よしんば国侍の心証をよく成しえたとしても、天下人秀吉の心証にはどう映ったのだろうか、太閤秀吉と佐々殿の二人の心理的な交わり少なからず関心がもたれるところたった。

その影響はおそらく数日後佐々殿の御身の上にあらわれるかも知れなかった。

佐々殿が言うならば民心を掌握する方策として、阿蘇家兄弟を遇されたことについては、会食の席でも国侍の間からは何の反応もなかった。

誰か国侍のひとりくらいは誉めてくれそうなものだったが、そこらあたりの氏素姓も定かではない土豪連中と違って、阿蘇家は恐れ多くも名門であり、名門が衰えることを防ぎ止めたのだから国侍たちに土着の連帯意識があったら、当然、佐々殿がとった措置は感謝されてもよいのにと殿自身は考えたのだった。また、逆に悪く言う者もいなかった。

もちろん、口に出して非を唱える国侍もいなかった。

とにかく、佐々殿の思惑は完全に無視されてしまったようだった。

阿蘇殿は無視したような国侍の歴々が功を転じ殿に接される態度や言葉の端々にひどく丁寧なところがあり、時とするとその物腰には佐々殿に対する畏敬と同等なものがあるように見えた。もとより佐々殿もその点をしかと観察されていた。それは右馬頭は佐々殿の弟に当たるが、列席の国侍のうち、とくに誰かを名指して話すわけでもなかったが、

「当国で珍しいものはなんだろうかなぁ」と尋ねた。

すると中座あたりにいた内牧城主辺春丹波守盛道が即座に、

「ございます。他国には滅多にないものが一つ御座います」とそう言って、しばし声をとめて、聞き手の興を惹くように右馬頭を見た。そんな丹波守の口調や物腰には相手にへつらいするような浅薄さが感じられたが、単純にお国自慢をした。

「ほう、そんな珍しいものがあると申されるか、してそれは」

右馬頭も膝をのりだした。

佐々殿が、国侍の歴々が但馬守親永を畏敬の目でみているのを観察したのはこの時であった。

佐々殿は右馬頭が膝を乗り出してまで知りたがっている様子を見て丹波守がすぐに答えられると期待して固唾をのんだが豈にはからんや

「但馬守殿、阿蘇の日を吐くお山がそうでございましょう。他国にやたらとあるものではございませぬ。某から、当国で珍しいものは、この火を吐くお山だと、右馬頭様に申し上げて宜しいかと存じます」とまるで但馬守親永の同意がないと、言うのもはばかり気な話となった。

「いつか機がござったら、丹波守殿がご案内なさるとよい」と但馬守親永は言った。

しかし、丹波守ほどの関心はなかった。

そんな雰囲気となったから、右馬頭も丹波守も妙に話のはしを折られた格好で話題は次に移っていった。

いうなればこれらのことも、佐々殿には思惑外れと言ってもよい。

会食は半刻あまりでお開きとなった。

佐々殿が退出間際に

「半刻ばかりそのまま休息されよ。そのあと改めて政道について、はかりたきことあり」と申し渡された。

二、肥後国統治に向けて

午前中の宴会の席で佐々殿は国侍すべてと胸の底を探ることはできなかった。謁見の成果が成功しなかったので不愉快であった。

佐々殿は弟右馬頭をはじめ家臣たちに国侍について観察結果を尋ねた。

「右馬頭、そちはなんと見受けた。彼らの胸の底を」

「は。あの国侍たちについて申すれば、尊大ぶって、まだ兄上の威令をよく存じないと見えました」

「如何にも、なかでも但馬守は予と同格ぐらいに構えていて嫌な奴じゃ。宗能はどうじゃ」

「はい、某も殿と叔父上と同様にございます。だがこれもその・・・」

宗能は三〇歳ほどであった。

「なんじゃ、遠慮なく申してみよ。そちはなかなかの律義者だから賢い考えを持っているることだろう」

「はぁ。これも一つには我が殿のこのたびの国大名お成りの理をよく知らないからでありましょう。秀吉様のお仰つけということがわからず、殿の存在がただなんとなく、自分たちよりも異質の国侍が割り込んできたぐらいに考えていたのではありませんか」

「うむ。だが国侍たちも秀吉様より本領安堵の御朱印を賜っているから、それは少し見込みが違っているのではないか。右馬頭、そちの思うところは如何じゃ」

「いいえ」と宗能が右馬頭が話す前に言った。

「御朱印をお受けいたしたからこそ、殿と同等の地位にあると勘違いいたしたのでございましょう。

殿が国侍の上に立つ新しい国大名だとは、分かり兼ねてると思われます。殿は昔戦国大名とは異なり申す。国侍たちにはそこがよく分かりませぬ」

「うむ。田舎侍たち奴、秀吉公の天下となった今日の時の流れに疎いとは仕方がないが、それぐらいのことも考えつかないのかと思うと腹立たしいことじゃが、彼らの取り扱いには苦慮いたすわ。右馬頭、宗能、何かよい思案はないものか、他の者もどうじゃ」

佐々殿が肥後一国の大名になっても自分の裁量で国を取り仕切る権限はなにも与えられなかった。

佐々殿が頭を痛められるのは至極当然であった。

午後の二次目の会合でどんな対処をするか、難しくなった。

この難しさを打破するために、政道という手段で手懐けていかねばならなかった。

思案の結果、佐々殿の政道は宗能が言うように、文字通り自分たちが食っていくために、何か早急に手段を講じなければならなかった。

食うものをどうして得るか、ご政道以前の問題があった。

「大阪城より、我れらは総勢五百余、これらが食とする兵粮は幸い越前守が貯えていた分より、一、二ケ月は事足りましょうが、
そのあとはどうして徴するか、由々しきことに至るのは必定でございます。

殿が秀吉様から給された封禄は五十余万石。だがこの禄高をどこからお集めなさいますのやら。肥後国の国侍五二人衆はそれぞれ秀吉様によって本領安堵の御朱印を戴き、いささかも昔に変ることもありませぬ。

いや、むしろ秀吉様によって安泰となり申した。

その一方、殿は大阪城お伽衆から五十余万石の大名に立身あそばしても、それは名のみ、五百余の家臣に食を与えることを危ぶまれる次第。殿は秀吉様のお心のうちをなんとかお考えなされますか」

佐々殿は沈黙のままであった。右馬頭も家臣も同様であった。

一同が黙っていられたのは、秀吉公をはばかるといったことの重大さのためだった。

佐々殿には痛いほどわかっていた。

とにかく策を考えなければならなかったので鳩首協議の上、案じだされたのが、頭領隈部但馬守親永に難儀となって降りかかった。それは宗能が案じだした。

二回目の謁見は午の下刻になろうとしていた。

夏の日中の暑熱の高い時分を通りこした頃で、狭間の向こうにのぞかれる外景の日照りもやわらぎ、ふきこんでくる風は涼をまし涼気となった。

百畳敷ほどの板張りの間が、昼前よりも一層小暗く感じられ、真夏の天道がやや西に回ったから、城の大手口の向きからやや西南に面しているが櫓は東向きだった。

佐々殿の口からだされたことは、あまりにも意外だったので、上体を前かがみにし、首も心持傾け、体全体でもう一度理解に努めようという姿勢だった。

佐々殿はその様子に目を送り、心の片隅で、小気味よいものが音を立てて鳴るのを感じた。

「で、いま申したように、われわれの苦衷を察してもらい、検地にあたっては存分の加勢を望むものじゃ。

よいな。検地の時期、方法、誰の領地から始めるか、そのような手順についてこれから宗能様が申すことをよく聞きとられい」と佐々殿が申して、右馬頭の下どなりに控えられる宗能に目を配らせた。

宗能が心得顔で膝を進めようとした時、

「あいやしばらく」と但馬守親永が袴尻をさばいて進みでた。

「先ほどからの仰せでござるが、我ら国侍にとっては異なことに承る。我らが所領各々は、先の秀吉様の島津征伐のみぎり、当国に御駐留の節下しおかれた御朱印状によって明らかな通り安堵されたもので、佐々殿の検地を受ける筋合いはござらぬと考えるが、それを今になって何故の検地でござるか腑に落ちかね申す」

「さればその詳細は、この宗能から只今申し上げましょう」と利発者らしく宗能が応対した。

「いかにも但馬守殿の申される通り、お歴々の御所領は秀吉様より下しおかれた御朱印状によって安堵されたものに相違はございませぬ。

しかしながら、ここで言えることは、例えば、但馬守殿所領の八百町については、八百町かっきりあるのか、あるいは上廻るのか、下回るのか誰にも解り申さぬ。

秀吉様はもとより、但馬守殿ご自身もその辺のところははっきりお分かりではないものと存ずる。言い換えれば、八百町と申すのは、すべてそのところを慣習で表すものではござるまいか」

「宗能殿、それは詭弁というものでござろう。もとより縄ばかりすれば某の八百町に一分一厘の狂いもないとは申さぬ。

しかしながら、筆数にしておそらくは万とあるあたはず。田畑の数、しかも一枚一枚があたかも我々人間の顔の異なるよう、形も広さも相異なるのが田畑本来の相。それを一分一厘も狂いのないよう測るには、人間業とは言え至難でござる。あまり見込み違いでない限り、国衆、百姓とも納得のいくところで表向きの面積とする習慣に従って参った。

それを無視なされて検地いたされるとは、一国の太守と申しておられたが、それにしてはいささかお心さみしいご了見と存ずる。

しかも、先に再々申し上げた通り、我ら国侍の所領は秀吉様によって安堵されたものでござれば検地などとても承服できぬ」

「いや、但馬守殿、あなたが申される通り、殿が肥後一国の太守となられたが故に、また秀吉様によって安堵されたが故に八百町かっきり検地いたし、その分を但馬守殿の御領地として与えられるのが当然の義務と申すもの。して検地の基準は、秀吉様が大和、近江をはじめ畿内坪付けなされた時の六尺竿で測り、かつ六十丁に五十丁の三百歩を一段とする新しい方式による故、御国衆もご承知ください」

「なに六尺竿となぁ」

「このごろ耳新しい生駒竿というのがそれなのか」

国侍の列座のなかから愕然となされたざわめきが起きた。

但馬守親永も頬がびりびりとひきつり不安と怒りが隠し切れなかった。

宗能が国侍のどうようを気づかぬふりをして佐々殿に会釈すると、

「但馬守殿、よいな。そこもととの検地を終わり次第、他は追従いたす」

と最後の断がおりた。

但馬守は無言で頭を下げ佐々殿の退出を見送った。

残された国侍の席がふたたび騒然となった。

「六尺竿を用いるとは理不尽な。しかも、三百歩が一段となっては、歩出しができるのではは必定ではござらぬか」

「そこが、検地の狙いじゃ。歩出し分は佐々殿に取り上げられるのじゃ」

そんな中、御船城主甲斐宗立が、

「但馬守殿、如何なされる」と声をかけたが、但馬守は目を閉じたままだった。

三、肥後国衆一揆への決意

但馬守隈部親永は、大地がゆれ動いてこれまでの諸々の形が崩れ去り、これまでと変わった世の中となりそうではと危惧した。

その不安が何なのか全く予測がつかぬために不安がいっぱい渦巻き、心は怖れに満ちていた。

心の内には、合戦もやはり恐ろしい。敵の手にかかり生命を落とすのではないか、こんな死への恐怖は合戦に臨むたびに経験していた。

勇者はそれに打ち勝ち、敗者はそれに負ける。死への恐怖をそんな形で耐えてきたものだった。

今では幾度もの戦を体験した但馬守であったが、歳を重ねてきたのだろうか合戦について心理的葛藤があった。

この菊池（守山城）の城の緑も濃ゆい樹々のたたずまいが、但馬守に与える大きな頼れる安らかさがあった。

月見殿の高台から南を眺める眼下の稲田の青さ、迫間川、菊池川の水のすみきった清い豊かさ、重畳と峰をつらねる俵山、二重峠、阿蘇外輪山、鞍岳、深葉尾岳、北には兵戸峠、酒呑童子山、八方嶽、国見山と鋭鋒奇峻が連なる壮大な山容。

それらの深い渓谷から流れでる矢護川、菊池川、迫間川、三流が隈府南西に広がる穀倉地帯を潤し、北の八方嶽、国見山を源とする木野川、内田川の二流が隈部家代々の古くからの領地である鹿北一帯の水田地域の母胎。

但馬守にはこの美しい自然の姿が眼を閉じていても鮮やかに映しだされていた。

これらの自然の光景は合戦に臨む前の、死の不安に怯えて落ち着かぬ様子を突如として焼きついたのだった。

この美しい自然界の地を菊池氏一族は数百年に亘り領地として統治した肥北の雄であった。

そこに今、但馬守は赤星親家と合瀬川の戦いで勝者となっていらい領主となったのであった。

しかし、この度の合戦で一命を落とすようなことがあっても、この地の自然の風景は死後も変わることなく、未来永劫にわたって続くのだ、と思い更に妻子たちは一時は己の死を悲しんでも、やがてはこの自然の風景は決して変わらぬと信頼の心で、これほど人間が己の周辺の山や川や土地と強く結ばれていると知ったのは、合戦のない穏やかな日々ではなく、合戦の時、出会ったのだった。

そこには、隈部家二六代貞明祖父以来六郷上永野の地に居住、二七代の父親家の下で誕生し生育した眺望の良い環境が懐かしい心の故郷として焼き付いていたからだろうか。

遠くは、隈本の金峰山、その右川には三の岳、左側には立田山が、その山々の手前には菊池川沿いの菊池平野、西側には鹿本平野の穀倉地帯が広がっているのが眺望できる永野の猿返し山麓、そこに隈部館があり、館を中心に重臣たちの冨田安芸守や多久大和守の住まいで取り囲まれていた。

戦国時代の山城に最適な細長い地形を有効に生かして城づくりされた猿返し城。

平時は山の麓の隈部館で暮らし、山麓から流れ出る小川の水で泉水に川魚を育て鑑賞したりした。

いざ戦となれば猿返し山頂の城へ上り籠城する戦法をとっていた。

また、館を中心にして、構口、勢中、井出の口、屋敷、犬丸、小路、高池、横尾の地には家臣たちの居住地が点在した。隈部殿を中心とした戦国の世の半農半兵の生活で比較的温和な社会が形成されていた。

一里から二里範囲には見張り用出城が日渡城、高取城、津袋城、山の井城、五社尾城、御宇田城、元居城、鞠智城、菊池城、米山城があり、外敵襲来の探知網を築き領地の農民たちを護っていた。

そのご恩に報いるために、後に但馬守親永の没後、村々の百姓衆たちによって館跡に隈部氏祠を建て村総出でお詣りするようになった。

但馬守親永にとって、これらの領地を護りぬく決意は強く、佐々殿の農地検地の強硬なやり方にそう安々とは従えなかった。

佐々殿の怒りを買うことになった今、戦闘能力に勝る佐々殿がおいそれと引き下がることはあり得ない。但馬守には合戦となる運命を回避することはできなかった。

佐々殿の軍勢が隈府の守山城へ押し寄せてきたらいとも簡単に敗北することは分かっていた。

それだけに、これまで育んでくれた大自然に包まれて生きた命の大切さと、敗者となった後の菊池と鹿本平野の領地、領民の行く末を案じた。

急遽、合戦となると兵を農民たちから集めて応戦しなければならない。

丁度季節は稲穂が出ていたが、収穫時期まで時間はあった。

農民たちは、農具を武器として戦場となる箇所に耕作で使う鋤などを並べ、敵を迎え撃つ準備に追われていた。

農民たちの中には「今度の佐々様との戦は、どうも今までの戦とは違うらしいぞ」

「我が殿様が土地の測り方で佐々様に不満をおっしゃったので、力で従わせようとする戦らしいぞ」と農家からかき集められた兵たちは呟いていた。

第三章

一、肥後国衆一揆の合戦

秀吉が成政を肥後国主に任命するにあたり、成政に次の五ケ状を守るように言い渡している。

それは、

一、五十二人之国人、如先規、知行可相渡事
二、三年検地有間敷事
三、百姓等不痛様、肝要之事
四、一揆不起様、可遠慮事
五、上方普請、三年令免許事
右之條々、無相違、可被守此旨也、及如件
　天正十五年六月六日　　秀吉判
　　佐々成政どのへ

つまり、秀吉が佐々成政を肥後国主に任ずるに当たって、肥後の国衆たちに「先規のごとく」に知行を与えよと、先に定められていたとおりの石高を与えよと命じていた。

ここに国主佐々成政殿と隈部親永の対峙した原点があった。これが戦の火ぶたを切る始まりとなった。

菊池市隈府にある守山城は菊池一族から赤星一族が居城とした城である。

東側の阿蘇外輪山に連なる山の裾野先端の小高い山際の高台にあり、菊池の穀倉地帯を一望できる地であり、南西に目線を向けると隈本方面に連なる花房台地の北端の外面がまるで菊池平野の半島が東から西へ伸びているようである。

また、守山城の西北は小高い丘の丘陵のごとく、清流迫間川に隣接し、川の向こう岸は次第に小高い森となり、南蛇口から、西迫間へ上り稗方から大林、合瀬川へと緩やかに下る地形。

北側には海抜一〇五二ｍの八方岳が広げた屏風防壁のように広がり、この北面はひとの住めぬほどの深い山々が続き、中には隈府を流れる迫間川の源流となる山もある。

また、但馬守隈部親永まで三代続いた根拠地、上永野へと大琳から裾野を通り、さらに永山から阿佐古、猿返し城、館とつながる。

永禄二年（一五五九）赤星親家と領地をめぐる合瀬川の合戦に勝利するまで、隈部一族はこの上永野にて隈部貞明（二六代）、親家（二七代）、親永（二八代）の代々が譜代とした。

守山城は北側から本丸　二の丸　三の丸からなっていた。現在の菊池神社は本丸の跡地に明治三年に神社設置法により建立され、菊池神社として誕生した。

守山城からは町民たちの暮らす隈府が眼下に見え、地域住民とのつながりも菊池氏時代から変わることなく同じく崇拝されていた。平安期から安土桃山時代へと続いた。守山城はこのような長い歴史とともにあった城だった。

肥後国主に任ぜられた佐々成政殿の一方的な検地の強硬な姿勢から、この地の領主たる隈部親永は、先の隈本城での佐々殿との謁見で検地の方法について対立。

親永は避けられない合戦となることを戦国武将の人生体験から戦いに備える準備を急遽迫られた。

佐々軍の兵力は薩摩征伐で実戦を積んだ強靭な兵であり身をもって但馬守隈部親永は恐れていた。

しかし、豊臣秀吉から領地を安堵する朱印状を拝領していることが正義の守りとして但馬守親永の戦いに挑む勇気を与えたのだった。

隈部親永側の兵力は冨田安芸守と小場常陸守の兵力二千八百、佐々軍と戦うには強者を揃える布陣は難しく、攻防戦で抵抗するだけの戦力しかなかった。

日頃は百姓として農業に従事、合戦が始まると領主からの声がかかり戦場に駆り立てられるだけであって戦場での強者とはかけ離れていた。

今度の佐々成政軍との戦いは合戦と言うより、農民一揆のような構図で佐々殿の軍勢を迎え撃つ運命的な戦いであった。

鍬、鎌、斧を手にした多くの兵は、野良仕事には慣れているが、佐々軍に比べれば戦には不慣れであることは当然である。

そんな兵たちが、自宅から持ち出した鋤など農具を水田に並べて進軍を防御する戦術で合戦の準備に取り掛かった。

兵たちは数日中に佐々軍に攻め込まれないようにと黙々と隈府の守山城周辺の水田に防

御柵つくりに必死であった。この農具を武器に転用した合戦の効果は単なる敵を簡単に侵入させない、侵入を遅らせる戦法に過ぎなかった。

天正一五年七月一〇日　佐々与左衛門宗能は隈本城を兵力三千騎率いて出陣、茶臼山・壷井・清水・八景水谷・須屋・黒石・御代志・辻窪・泗水・吉富・花房へと進軍。

花房台地から菊池川辺への下り坂を下った。隈府を目前に迫る広瀬から、菊池から鹿本・山鹿へと菊池川沿いに広大な水田地帯が広がっている。その水田地帯を通り隈府守山城を視野に捉えながら前進を続けた。

そして、隈府の南西の地、大琳寺・北原・袈裟尾あたりに佐々与左衛門宗能軍は布陣し、隈府守山城を目前にした。

守山城からは佐々軍の様子を眺めることができた。

小競り合いの合戦が始まり、数日間、お互いに罵声を浴びせたり、単発的に鉄砲を撃ちまくったりして大声で戦意を高める喚き声が守山城の親永軍にも聞こえた。
また、親永軍の中には城の大きな楠に登り、佐々軍の動きを偵察した。
時折、佐々軍から鉄砲で狙撃される危険な状態も続いた。
そんな中を冨田飛騨守家朝は城内を見回り、兵士たちに声掛け、戦闘意欲を高めていた。

しかし、佐々軍は守山城へ攻め込む戦法は警戒し続けていたのだろうか、突撃は控えられ、威圧する戦法が数日続いた。

一方守山城では隈部但馬守親永が重臣たちを本丸本殿に集めて、評定を開き、兵力的にも勝ち目のない現実を悟り、どのような戦術で優越する敵と戦い抜くか協議を始めていた。

その評定で一の家老冨田安芸守家治が殿親永に和議することを薦めた。

今更、和議をどのようにするべきか、国主佐々成政殿が和議を受け入れるのかそれも不確かな不安があった。

安芸守が「殿、人質を佐々殿に差し出し、戦う意思のないことをお示しなされたら如何でしょうか」

「それにしても誰を人質にするのかのう」と殿。

「はぁ、私の考えでは、殿の嫡男、石見丸様が宜しいかと思ったのですが、あまりにも幼く乳のみ子、それ故に難しい取り扱いになりかねます。そこで十歳になる我が嫡男、捧千代が一番適任と存じます」と。

「安芸、さような思いで、いとも容易に人質が務まるものか、よう考えてみないか、儂は心配じゃ」

「殿、捧千代は十歳ですぞ、この合戦を終わらせるために、我が軍の使者として、和議に尽くすことができると、よく言い聞かせますから、武士の子として命を授かったことを感謝し、この和議の大儀は受け入れねばならぬ運命がございます」

「佐々殿が攻撃開始するまでの時間がありません。善は急げとのごとくです。そこは安芸にお任せ願いたく存じます」と深く頭を下げた。

口惜しさが敗者の武将の厳しい表情として一瞬漂った。

「殿、殿はこれからどうなさるのかお聞かせ戴きとう存じます」と安芸は続けた。

「そうだな、佐々殿との和議が実現できれば、強引に検地を拒絶する訳には参らぬのう。一応この城を抜け出して、長男の城村城へ身を隠し、この菊池・鹿本の領地を放棄せねばなるまいのう、儂の負けじゃ」と戦で勝ち続いた武将の断腸の思いの口惜しさと敗者の武将の厳しい表情が一瞬漂った。

「そうだ、安芸、冨田兵庫を呼んでくれぬか。儂の使者として、城村城の息子の親泰の下へ、儂の書状を至急届けてくれぬか」

と但馬守親永は安芸守に命じた。

評定の場に、兵庫が入ってきた。

「殿からの重大なお願いだぞ、無事に親泰殿に直接お目通りして、確かにお手渡しするのだぞ、いいな兵庫」

と但馬守親永殿の目前で安芸守が伝えた。

事前に書きしたためていた書状を殿が取り出して、直接、兵庫に手渡された。

「確かにお預かりしました。親泰殿様にお会いしてお渡しして参ります。直ちに参ります。殿」

と言葉を残して、素早くその場を立ち去り、兵庫は城村城へ数人の部下を引き連れて夜道を急ぎ足で守山城を後にした。

隈府の町並み周辺は、佐々軍の布陣で見回りが厳しいので、見回りの比較的薄い北門を通り抜けて、稗方・大林・合瀬川・本分・庄・御宇田・下吉田・日輪寺を通り、岩野川を渡り、城村にたどり着いた。

城村城で城主隈部親泰殿に会うために、家臣有働大隅守に会い、守山城の城内の様子を伝えた。そして、大隅守の案内で、城主親泰殿に但馬守からの書状を差し出した。

受け取ると即、書状を読み、「父上の意は、伝わったと、申し伝えてくれよ」と親泰殿は、やさしく言葉を伝えた。

兵庫は、その言葉を聞き終えて、直ちに、今来た道を隈府へ戻った。

守山城に帰り着くと直ぐ、兵庫の帰りを待ち続けていた安芸守と但馬守のもとへ駆け込んだ。

「おお、ご苦労であった。無事に戻ってきて良かったぞ。親泰殿の返事はどうだったのか、聞かせてくれないか」

と安芸守が兵庫に。

「親泰殿からは、書状の内容は了解しました。ご安堵なされますように父上にお伝え願いたい、と仰せられました」

と殿に報告した。

つまり、親子の意思疎通は、但馬守親永が守山城を落城し、長男の城村城に受け入れてもらうことだった。

これで親子の不仲も解消、父親永殿の退路は確実に安全に城村城へ、隈府守山城から落城できることを担保することができた。

七月二五日の夜、和議のための人質となる搚千代に父安芸守家治は緊張した真剣な眼差しで話した。

「人質になることは武士の定めであり、この合戦の和議を果たすために大きな使命を託されるのだ。子どもであっても、敵陣へ送られることもあるのだから、武士の嫡男として生まれたことを許せ」と。

戦場経験のない搚千代ではあるが、恐怖と不安の渦の中で和議に役に立つことであれば、見知らぬ国主佐々成政殿の下へ出向くことを理解した。

そうと決まれば一刻も早く急がねばならない。隈本城の佐々殿のもとへ数人の護衛とともに直ちに出立した。

七月二六日、佐々殿にとっては、この人質は役不足であった。和議を結ぶどころか、佐々殿自ら六千の兵を率いて、隈府へ向かった。

二、国衆一揆合戦の前夜

七月二五日（旧暦）辰の刻に領主隈部親永の統治する菊池、鹿本の穀倉地帯の頭百姓、組頭たちから大量の兵粮が届いた。

合戦前夜の兵士たちが満腹になり、大いに戦って勝利する大きな願いを込めて、冨田安芸守家治の奥方孝子を先頭にして城内にいる女（オナゴ）衆たちが一同に会し、食事の支度に入ることとなった。

とにかく、総勢二八〇〇人の親永軍兵の食事つくりである。一人一人に食事が行きわたる様に、午の刻近くまで女たちは半日がかりの炊事班を編成し働き始めた。

昼間は薪の煙が大量に狼煙のように空高く舞い上がらぬように火力を調整しつつ炊事、日没後は薪の炎が北原あたりに布陣する佐々軍の兵士にいとも簡単に気づかれないように、特にお城の南西方向には細かく注意することも重要な一つであった。

安芸守の長男冨田飛騨守家朝の奥方昭子も幼い我が子の子守りを片手にしつつ、義母孝子の指示に従って炊事の流れを注意深く見守っていた、城の中の女たちは猫の手も借りたいほどの時間との闘いでもあった。

この城では、安芸守奥方孝子が女衆たちに、明朝の出陣に間に合わせるために励ましていた。

「さぁ、女（オナゴ）衆の方々、お城の方々は、いよいよ明日敵陣に斬り込む決意で軍議をお開きになっています。

戦の最中のため、料理する食材にも不自由していましたが、今日は兵粮も頭百姓衆から領主親永殿に届きました。後は兵士の皆さんに美味しく食べて戴き、戦いで、思う存分に戦って戴けるように精魂を込めて炊事をいたしましょう」と奥方孝子が女衆たちに伝えた。

「奥方様、左様でございます。美味しく召し上がって戴けるよう精魂込めて料理いたします」と妻女のひとりの幸子が言った。

奥方孝子の指示を聞いた後、それぞれの女たちが己の気持ちを引き締めた雰囲気が漂った。

「夏さん、貴女の班は、お米を洗ってくださいね」

「江さん、貴女の班は、薪の用意をお願いしますね」

「佳子さん、貴女の班は、漬物を切って、配ってくださいね」

「藤子さん、貴女の班は、弁当つくりの竹の皮を洗ってくださいね」

「竹子さん、貴女の班は、お茶を用意してくださいね」

「美代さん、貴女の班は、各小隊ごとに、人数を違えないようにして配膳してくださいね」

と細部にわたり、妻女たちに詳しく作業の役割と段取りを指示し、幸子の指示が終わった。

すると

妻女たちは一同に「かしこまりました」と力強く答えた。

それぞれの役割を分担し、残された少ない貴重な時間と闘いながら、効率よく、時間内に終えるように取り掛かった。

妻女たちにとっては、時間との激しい闘いがはじまった。

この季節ともなれば、稲の穂が実り始めるころの季節となり、隈府の城下町を見下ろす小高い丘の上にある守山城は夜風を涼しく感じられた。

炊事班が一番苦労したのは夜である。守山城は玉祥寺ケ原、北原よりもはるかに高いところにあり火が見えるため、薪の燃やし方にも気を配りながらの炊飯であった。

敵陣から、狙撃を受ける危険な環境の中で炊飯しなければならなかった。焚火が明るく燃え上がれば、即、目と鼻の先に布陣する佐々軍の狙撃を受ける緊張した恐怖との隣り合わせにいながら、妻女たちは、但馬守親永の血を引く一の家老安芸守の奥方の指揮の下で疲労感すら見せることなく、せっせと炊飯を続けた。

隈部親永は隈部忠直（一四二六～一四九四隈部家七代）の二男の子孫、冨田安芸守家治は忠直の長男の子孫、宗家宇野家の家督相続のために長男を養子に出し、その孫が冨田次郎に改名したのだった。冨田姓の血統は隈部家の由縁である。

親永と安芸守家治は戦国末期でも強い信頼関係で結ばれていたのだった。

守山城内の妻女たちは、ハチマキを絞めて、タスキがけをした着物姿で、軽快に立ち働いた。

幸子の役割指示で米を研ぎ洗う者、おかずを作る者、漬物を洗い、切り刻む者、おにぎりをする者、兵士たちに届ける弁当を干した竹の皮に包み込む者、人それぞれに役割を分担して、汗を流しながら、休むことなく働き続けた。

誰ひとりとして、疲れた様子を見せる者はいなかった。

炊事する妻女たちも戦場さながらの闘いぶりだった。

それは、この戦いに勝つことに命をかけているかのようだった。炊き上がったご飯を、次々と配膳班へ回し、五十個単位で、まとめた。

兵士たちへの配布が、班長ごとに迅速に受け渡しができるよう配慮されていた。

なにしろ、二千八百人分もの大人数の兵士たちに不自由なく、行き渡る様に配膳を進めなければならなかった。

妻女たちの勤勉な炊事で、兵士への配布準備が整ったのは、寅の刻に近かった。

兵士たちの各班の班長が次々と受け取りに現れ、所属隊に戻り、お腹を空かして待っている兵士たち一人ひとりに、出来たばかりの守山城での最後の温かく美味しい御飯を届けるのだった。

「さあ、各々方、今からお弁当を配ります。こちらの女衆から、間違いのないようにお受け取りくださるようお願いします」

と幸子が大きな声で兵士の班長たちに伝えた。

このようにして、妻女たちの長い一日は、誰一人として疲れを見せることなく終わった。

後片付け済ませて、ようやく妻女たちが仕事から解放されて宿所へ戻ると、さすが疲れを感じながら隈部親永軍兵士たちの戦場での無事を祈った。

竹の皮に包まれた弁当を手にした兵士たちは、空腹に耐えていたのでお互いに食べる幸せの雰囲気を醸し出した。

「おう、これで腹を満たして、元気よう、合戦にいけるごつなるばいた」

「俺たちは、やっぱり、喰わんとしゃがいかんばいた」

「腹いっぱい、食うてかる、思う存分戦うばい」

「腹が減っては、戦は出来んて言うどがいたなあ」

兵士たちは満腹になり、士気高らかに出撃の号令を待っていた。

「さあ、腹も満たされたけん、殿様の命令がでたら、北原から敵陣の大琳寺まで斬り込んで一挙に取り戻して見せるけんな」

本丸を下り降りた最前線にいる兵士はそう言った。菊池氏時代からの軍事教練場跡地は院の馬場と呼ばれていた。

この院の馬場は広々とした土地を柵で囲い、犬を放し、武士が馬上から弓を弾き、敵を倒す軍事訓練所だった。そこに、この合戦を前に千人を超える隈部親永の兵士たちが集結した。


「まだ、真っ暗だけん、出撃命令は出さんとじゃなかつかい」

「そぎゃん、言うばってんが、今となっては構えとかんといかんけんね」

「もう、やがて、出撃の合図があるばいた」

「早う、突撃して、佐々殿の兵をやっつけてしまおうごたる」

などと兵士たちには、戦闘士気が高まっていた。

七月二八日（旧暦）、戦場となる隈府周辺の水田には稲穂が色づき始める季節で、夜風も兵士たちの肌には冷たく通り抜けていた。

本丸での作戦開始前夜の評定は夜通し開かれていた。

冨田安芸守の二男捧千代を人質に差し出したものの、最悪の戦となったことで、もはや、佐々殿との和議は不可能と悟った親永の重鎮たち、戦力的にも大きな差があり、勝てる見込みは、かれらの脳裏にはこれっぽっちもなかった。

ただ、脳裏に強く浮かんでくるのは、惨敗した時の対応策であった。

最終的には、冨田安芸守と長男冨田飛騨守、小場常陸守の軍勢と親永の長男隈部親泰が、城村城に立てこもって側面から攻勢を掛ける手筈であった。

親泰の兵は三玉を通り御宇田、台へと進軍、佐々軍の側面から迫ることになっていた。

隈部親永殿には、今回の腑に落ちぬ検地の在り方をどうしても正したく、戦況が不利な戦いから退却し、軍を整えてから、再度挑む意志が強固な支えとなり、死を選択することなく、守山城から退却。三加和の和仁氏を加えた肥後の五十二人衆の再編を目論んだ。

それで開戦合図とともに、佐々軍の包囲網の薄い守山城の北門から抜け出し、大平、東迫間、戸豊水、一挙に稗方を越え、大琳、合瀬川、龍口、川西から車谷、首石越えで日輪寺へ、そして城村城へ辿る順路を確認した。

非戦闘員となる妻女や子供たちも落城時は守山城北門から一斉に脱出する段取りが伝えられた。

戦国時代の戦、敗者の運命はその時点で終わるのが通例の時代。女孫まで殺す狂気の時代。妻女たちが胸の内に抱いた運命の恐怖感はいか程であっただろうか。

安芸守から殿親永へ

「殿、今回の戦、惨敗しても、殿の確たる信念を成し遂げられますよう、安芸を始め家来衆一同願っています。では、これでここにて出陣のためご無礼を仕ります、御免仕ります殿」

と一礼し最後の言葉を伝えて重々しく緊張した気持ちで

「さあ、参ろうぞ」

と他の重臣たちに声をかけて評定の場を後にして大手門を駆け下りて戦場の院の馬場へ駆け下りて行った。

武士として生命を授かった以上、戦国時代を生きる人々の厳しい現実があった。

時は七月二八日の寅の刻を過ぎで刻々と出陣する卯の刻へと迫っていた。

三、落城後の奥方たちの運命

最後の重臣たちとの評定は終った。

本丸御殿（海抜一三〇ｍ）を出る時、冨田安芸守は隈部親永殿から采配を授かり、城を出たところにある「院の馬場」（海抜七八ｍ）へ向かった。そこは戦場となる場所だった。

安芸守は守山城から高低差五〇メートルの急な坂道を五〇〇ｍ先の院の馬場へ駆け下りていった。

院の馬場（現立町・横町・県立菊池高校第二グラウンド）は隈部親永の主力兵力が集結している陣地である。安芸守は隈部軍陣地の陣幕の椅子に座った。

一呼吸大きく息を吐き、卯の刻となって立ち上がり、戦闘開始の合図の采配を兵士たちに向けて大きく左右に振り、国衆一揆合戦は火蓋を切った。

まだ夜明け前のうす暗い中、大琳寺から北原一帯にかけて佐々軍勢がひしめき合い合戦開始の気勢が隈府一帯に声高らかに響き渡った。

肥後国衆一揆合戦の戦闘が始まった。

守山城は戦火で火の手が上がり、隈部親永は城村城へ評定を終えると直ぐに出立、武将たちの妻子たちも、急遽、安全な抜け道を探し辿りつつ守山城を後にした。

院の馬場一帯は、まだ、薄暗い薄暮の世界、対面する者はすべて敵兵と見なす激しい戦闘の場と化した。

開戦当初は双方とも互角の戦いであったが、殿親永の無事脱出を肝に命じつつ、闘志にあふれ先頭に立ち進撃開始したのだった。安芸守と飛騨守の親子がこの戦場で深い切り傷を負い、倒れた。

傍で一緒に戦っていた、安芸守を護衛する兵士たちが冨田兵庫の指示に従って、この父子二人を守山城から高野瀬、北西にある迫間川方向へ搬出し佐々軍兵士に気づかれることなく戦場からの脱出に成功した。

守山城の院の馬場周辺は激しい戦場となり、追っ手の佐々軍兵士と応戦しながらの負け戦の戦場と化していた。

しかし、夜の明ける前に、敵に大将安芸守の身柄確保を是非とも避けなければならない戦国時代の戦の掟。

既に、この二人の息は絶え果てていたが部下たる兵士たちは、相手方の兵を打つことより、安芸守父子を素早く激しい戦闘の場から運び出して、隈部親永が城主となって守山城に入る以前の隈部館時代の上永野まで運び去り、埋葬しなければならない。安芸守の家臣冨田兵庫は部下たちに命じていた。

部下たちも痛手の傷を負いながらも親方様の遺体をかわるがわる交代しながら担ぎ前進

し続けた。そのころは既に、夜が明けて、遠くの景色まではっきりと見えていた。

迫間川を無事に通過、西迫間を通り、下古閑（海抜二三〇ｍ）、稗方（一三五ｍ）、大琳、酒造野（一八三ｍ）、永山（一四五ｍ）を抜け、そして、阿佐古の西面の台地の上永野屋敷（一六三ｍ）にたどり着き、屋敷の南端原口に埋葬した。

大きな山越えではなくても、小高い丘の山裾沿いを歩み続けることでますます疲労は大きくなった。

もちろん、この埋葬し墓地には合戦で犠牲になった部下たちの遺体も同様に安芸守父子を取り囲むようにして埋葬した。また、戦闘用武具も一か所に集めて埋めてしまった。

埋葬の仕方も、急いでいたためもあったが、俗名、戒名もない、ただの阿佐古川から拾い運ばれたただの石を並べた。朽ち果てた墓のように埋葬した。

そして、墓の礎石は、真東に向けていた。そこには仏教の極楽浄土、如来の住む西方向に、故人と一列に並べて供養しお詣りするように埋葬された。

また、この墓所から安土桃山時代、江戸時代へと時代の安定さの流れが読み取られる。

つまり、戦後時代は故人名をはばかり誰の墓なのか特定するものは証拠として残されていない。一七〇〇年代（正徳六年三月）の故人から三段重ねの墓石が登場、しかし、戒名のみである。

一八〇〇年代（寛正七年一一月）になって、正式の石塔で埋葬された。俗名、戒名、家紋などが公然と世にさらけ出し始めた江戸時代である。

世の中が戦のない平和な安定した時代の時系列が読み取れる不思議な墓所である。

また、戒名にも覚法や実相院など京都方面のお寺の名前が使われていることも、数百年前の情報の届きがたい時代なのに誰か何時かと不思議さが多く残された墓所である。

安芸守・飛騨守親子の眠る墓、この時代の墓所が上永野二三〇八番地（海抜一六五ｍ）の地にある。

守山城がこの合戦で陥落、焼失。あおられた火の海と殺戮の合戦が続く中、安芸守と飛騨守の二人の奥方たちの落城はこの上もなく危険なものであった。

安芸守の奥方、孝子は付き添いとともに、素早く北門から、敵兵の攻めの薄い北西の方角、高野瀬から迫間川を渡り、通いなれた上永野を目ざした。

そして、娘の嫁ぎ先、城村城の重臣有働大隈守を頼り、数日三岳の城村で過ごし、安住の地を求めて、下野城主内空閑鎮房の領地内の山本郡姫井にて隠棲した。

後に二男、佐々成政殿へ人質として差し出された後、解放されて、行商人と出会い母親の下へ案内された。幸運にも母親子二人の再会を果たすことができた。

また、合戦が終結した数日後、孝子は、隈府の戦場となった「院の馬場」で斬り死にした亡き夫、冨田安芸守家治と息子飛騨守家朝の供養のため、およそ一三キロも離れた南西方角にある玉名郡木ノ葉の西安寺（現白川宮）を訪ね、和尚に不運にも命を落とした理由を告げてお経を挙げて戴いて供養に勤めた。

山本郡姫井近くの広に明蓮寺があった。この寺は隈部一族の傘下のお寺の一つとのこと。開山は熊本にある寺から住職がこの地に赴いた格式の高いお寺でもあった。

しかし、この広地区は隈本と筑後を結ぶ豊前街道沿いの重要な往来の盛んな道なので人目に付きやすく、奥方がお詣りするお寺としては身の危険が高く恐れられていたので、わざわざ北谷、仁王堂、霜野と大きな樹々が遮り昼間でさえも怖そうな山道を歩き西安寺へたどり着き、供養をしたのだった。

※安芸守家治の奥方の隠棲について『氷筍』（二〇一四年九月出版）参照。

守山城周辺の地形は南西方向は隈府町があり穀倉地帯の菊池平野が山鹿方面へと伸びている。

その小高い丘の上にあり、北東方向は阿蘇の外輪山の裾野に連なる緩やかな傾斜地、上りつめて行けば菊池川の水源へとつながり、さらに北北西方角には標高一〇五二mの八方嶽、国見山と海抜一〇〇〇m前後の山々が連なっている。

この山間地域の一つに、隈部親永の隈部貞明時代に猿返し城をつくり、戦国時代の不落の山城として、戦の時は、中腹の隈部館を居処とした。

猿返しの目の前には、冨田安芸守が城主となった米山城があった。隈部館の下に安芸守大邸宅があり、庭に「鷹の水」大石と背丈測り石が今もある。

今回の合戦で敗北、安全な場所を本能的に探し求めたとしたら、この隈府からも眺望できる八方嶽の方向へ逃避する策が浮かんだ。

守山城での短い数年暮らしの飛騨守家朝の奥方昭子にとって、戦で追われる身、幼い我が子を連れての逃避、身の回りを取り囲む召使がいたとしても、落城した守山城からの移動は、想像を絶する苦難の状態に置かれていた。

北門を通り、守山城裏から幼子たちに無理のない緩やかな地に沿って、戦場から遠ざかることだけであった。道の行く先は、とにかく、八方嶽の見える方向へと狭い山道を進み、川音の響きが聞こえる方向へと、緩やかな地形へと降りた。

そこには迫間川（海抜七〇ｍ）のせせらぎがあり、小さな滝があった。迫間の地域まで、逃避できた喜び、この迫間川添いを上る竜門を目ざし、八方嶽（海抜一〇五二ｍ）を目印にして、どんどん奥へ奥へと進んだ。一ノ瀬、七坪あたりで、迫間川と並行していた地形が次第に丘陵地となり坂道となった。

道なき道を進むことは、この先はどこだろう、幼い子たちを抱えながら好奇心と不安が浮かんだ。

少し緩やかな上り坂を越えたら、また、迫間川より川幅の狭い小さな川が流れていた。その川は小楠野（海抜二三〇ｍ）の上流から湧き出る小楠野川だった。

この川を上流へ上ったら、どんな所へたどり着くのだろう。薄暗い森の中を小川は今朝の戦のことも知らないように、さわやかに谷の傾斜地を流れ下っていた。

少し歩いてはさらに一歩一歩前へ、前へと登坂を進んだ。

この逃避に携行した食べ物は昨夜の合戦出陣前にお城に居る妻女たちがつくったものと同じ竹の皮に包まれた白い米のお握り弁当だけだった。

歩行中に喉が渇いたら、小川の水の流れの緩やかな川べりに座って、両手を器かわりに合わせて、すくい上げて飲んだ。冷たい清らかに澄んでいる小川の水の美味しさに、新しく元気が湧き出した。

すでに時は一刻半を過ぎた。幼子を抱えての逃避、召使たちは疲れ果てた子供の姿をみては、おんぶして歩き、元気づけることばであやしながら、緩やかな坂道を一歩一歩前進し続けた。

これまで大きな樹々に覆われた森の中を小川沿いに八方嶽がある方向へと進むだけであった。

しばらく歩き続けていると、森の木々の枝の間から光が強くなり、澄み切った秋空が見えてきた。この暗い森を通過できた喜びがさらに勇気と元気を与えた。

すると、前方に小川沿いに水田があり、稲穂が垂れている光景が目に飛び込んできた。この先に人が住んでいる村があると嬉しさが込み上げてきた。

この水田は小川に沿って、上流へと伸びていた。しかし、まだ住み家らしき建物は見えてこなかった。

昭子たちの一行は、背後からの敵の追撃を気にしつつ、ゆっくりとした休憩時間をとることすらできなかった。

戦の場からなるべく遠く離れることだけが命を救う唯一の逃走手段であった。

小川沿いの細く狭い道から水田の畦道へ移り、川上へどんどん進んだ。

すると間もなく小さな集落が見えてきた。小さな小屋のような家屋が数件建っていた。

そのうちの一軒から、カマドの火を燃やすような煙が壁の隙間から流れ出ていた。皆、これで助かったと胸を撫で降ろし、安堵した。

昭子が家の出入り口まで歩み寄り、家人に声をかけた。

「すみませぬが、ここは何処なんですか、何という村ですか」と。

「小楠野ち言うところたい」

と家人が返事した。

「あたどんは、こんぎゃん所まで、何しぎゃ、どこから来たつかいた」

と尋ねられた。

「今朝がた、守山城が戦で燃えてしまったので、敵につかまらないように必死になって逃げて参ったんです。どうか助けてください、お願いします」

と昭子が丁寧に頭を下げてお願いした。

もちろん、同行しているもの皆が深々と頭をさげてお願いした。

昭子たちの衣服からみると、ただの普通の百姓の娘たちではないことは、一目でわかった。

「こんな山奥深くだから、追っ手はここまでは入ってこんばい。さあさあ、こんなところでよかつなら、どうぞ、ゆっくりくつろぎなっせ」

と家人は、丁重に対応した。

この小楠野は山を伐採して、隈府の町民たちに、薪や炭を売ったりする山仕事で暮らしている住民だった。

昭子は、本当の逃避先は故郷である上永野であったが、迫間川から七坪へ、七坪から小高い山の幾つかの裾野があり、その裾野を早く登り始めたので、下古閑（海抜二三三ｍ）、陣内（海抜二四二ｍ）、稗方（海抜一三五ｍ）方面への道を誤ったのだった。

阿佐古（海抜一四五ｍ）、上永野（海抜一六五ｍ）は小楠野（海抜二三〇ｍ）から一山越えたところにあった。八方嶽だけは上りつめたら見えるはずだった。

この守山城落城寸前に隈部親永殿は兵力を再編し戦うために一時長男の城村城へ退却す

ることにした。

佐々軍の兵が潜んでいるかいないかを確かめるための先遣隊と護衛隊の班編成で北門から城村城を目ざした。

安芸守奥方孝子と若い飛騨守奥方昭子は混乱の危険な中を別々に北門を抜け出した。

第四章

一、安住の隠棲の地小楠野

安芸守奥方と守山城を出る時、戦禍の大混乱の中で逃避する抜け道を間違えた飛騨守奥方昭子、敵兵からなるべく遠くへ離れるため、北門から北東方向へ若干名の付き人たちと全力で駆け進んだ。

そして、合戦の兵士たちの戦う気勢が、ほとんど聞こえなくなった所から、北に聳える八方嶽方向を捉え、目標地の上永野方面を目指して、西へ向かって歩み始めた。

そして、最初の脱出すべき道を守山城から少し離れた道で迫間川へたどり着いた。

隈部親永が出身地上永野隈部館から守山城主となってから七年しか経っていなかった。初めて見る迫間川の光景だった。

しかし、城から遠ざかる選択をして、川沿いに進み、守山城から五、六㎞ほど北へ山中を上りつめたところにある小楠野（海抜二三〇ｍ）にたどり着いた。

小楠野は小さな二つの尾根の間にあり、その谷間幅は狭く、対岸は庭先にあるような狭く、小楠野川の水源は八方嶽方向から涌き流れていた。

ただ、小楠野川を下れば迫間、隈府方向への緩やかな傾斜した地形である。

もう一つの西側の尾根を越えた所に、飛騨守の故郷、上永野の地はあった。

この小楠野が隠棲するのに適していたのは、狭い棚田の農地の下方には森林があり、隈府方面から、この森林の奥に人家があるとは、土地勘のない佐々成政兵たちには想像し難かった。

この地形だと、敵兵に見つかる不安もなく安住する場所に適していると昭子は思った。

ようやくたどり着いた小楠野の村長の家で昭子たちは暮らすことになった。

何しろ、着の身着のままで衣類も持ち出すことができなかった。

女手で持ち出すことができたものとは、幼い子どもたちと、冨田一族が家宝としている系図だけであった。

この地でお世話することになった村長の話では、この山中の人の暮らしは、小楠野川沿いの田んぼに夏は稲作、冬は麦作で自給自足し、精米は小楠野川の水流を活用した水車小屋があり、不自由なく暮らしていけると言う。

味噌や塩は隈府の町で買ってくると言う。

そして、この小楠野の主な生活を支える仕事は、周りの森林を伐採し、隈府の町民生活に不可欠な薪や炭を売り、町との往来はあるとのことだった。

ただ、戦国時代の往来は、道は獣の道同然、道幅人の両足を並べた程度の狭さ、肩から上の部分は、道を通る通行人たちが、木や竹や草をカマで切り払い往来するので、荷物を担いで通る足元の道幅より遥かに広かった。

お世話になることになった村長の話を聞き終え、落人となった飛騨守奥方昭子たちは、お城住まい生活着物を脱ぎ棄てて、小楠野村の女衆の普段着姿に着替えて、村人に成りすますことが、追ってくる敵方兵の危険から遠ざかることだった。

しばらく身体を休めてから、村長は村人に変装した昭子たちを連れて近くの山林へ薪取に出かけた。

本当に川を中心にして、狭い谷幅で両脇の尾根が圧迫感を感じるほどだった。

隈部親永の城主時代には、このような、薪を集めるのに枯れた樹々を一つ一つ手で握り働くことはなかった。

しかし、これからはお姫様、奥方様の上流生活環境から一変したどん底の厳しい生活が始まるのだった。

季節は、もう稲穂が色づき始める初秋の訪れであった。

山には栗の実、アケビなどが熟し始める豊かな季節でもあった。

村長は、戦場となった隈府の町の変わり果てた状況を見聞するために、一束の大きめの薪を集めた。

小楠野から隈府までは、大人の男足で急げば一時間ほどで行けた。

戦が終わった翌朝、村長は薪を背負い戦禍の隈府へ出かけた。

戦場となった隈府は、守山城は燃え落ちて、まだ、あちらこちらから煙が立ち込めていた。

佐々成政軍の数千人が、守山城目掛けて、一挙に攻め込んだかのように南口門あたりは、戦の痕跡が鮮明に残っていた。

数千の佐々軍が大琳寺、北原から襲い掛かった。

隈部親正軍勢は、守山城の南大手門を出た所から、敵陣地を突撃したのだった。

南大手門から数百メートル離れた所に、菊池一族の時代から、軍事訓練所として使われていた院の馬場（旧犬の馬場）まで、敵陣地へ進撃し、その地で、父親冨田安芸守家治とその長男冨田飛騨守家朝は、斬り死にする運命となった。

この二人の父子を警護する冨田兵庫と部下たちが、瀕死の傷を負った二人を素早く後方へ抱えて戦場から撤退開始して、致命傷を負っている二人を生誕の地、上永野へ搬送し、素早く遺体を埋葬した。

墓碑も用意することなく、部下たちが近くの阿佐古川（木野川）から、漬物石大の石を集めて、簡素な墓に葬った。

ただ、でたらめな俄か墓つくりではなく、後の世に後世にこの墓についてのメッセージを伝えるために、仏教上、西方浄土の教えに従って埋葬したのだった。

西方浄土の教えとは、正面を真東に向けてあれば、墓参する人は、故人と如来様を一直線上に並べて、一同、同時にお詣りする習わしである。

戦禍の隈府を見聞した村長は、町の人々に戦況の模様を尋ねつつ、この合戦がどのようなものであったかを描いていた。

そして、戦禍の隈府を後にして、昭子たちの待つ、我が家へと足を速めた。

二、亡き義父安芸守と夫飛騨守の供養

戦いの状況を見聞した村長（むらおさ）は、日没前に小楠野の我が家に帰り着いた。彼の帰りを昭子たちは、今か今かと首を長くして待ち続けていたのだった。帰宅するや否や、戦場となった隈府の惨敗の様子を見たり聞いたりしたことを語り始めた。

守山城は完全焼失し、城の周りにあった大きな楠樹も燃え落ちていたことや、戦場となった隈府の町民たちの家屋も焼かれて荒廃した跡、戦死者の遺体を片付ける様子、細々と町の配された状況を伝えた。

その中に隈部親永殿を城村城へ脱出させるために敵陣へ死を覚悟して突撃した義父冨田安芸守と最愛の夫飛騨守の消息を知る町人は誰一人としていなかった。

ただ、想像できることは、戦から丸一日過ぎた早い時期に戦死した兵士たちは、それぞ

れの関係する味方の生き残った仲間兵士の手によってどこかへ遺体は運びさられていたのだろうと思った。

この戦で戦った兵士の大半は、この地域の農民兵士であり、戦の度に兵士として駆り立てられて戦場へ向かい、指揮官の指示に従って戦場では、それぞれの配置につき、戦った。戦術訓練教育を受けた武将とは大きな戦闘能力の格差があった。それが対峙する佐々成政殿の軍勢との大きな戦力の差だった。

守山城の城門近くの戦場となった院の馬場あたりには、大勢の隈部親永の兵士たちが斬り死にしていた。

共に戦った兵士たちは幼いころからの顔馴染みも多く、傷を負った負傷兵や戦死した仲間の遺体を丁重に取り扱い、戦場の無残な戦の跡片付けに取り組んでいた。

一方、隈府から帰宅した村長から、戦場の模様を詳しく聞き、消息不明の義父と夫への安否が大きく込み上げて、昭子はこの二人の死を受け入れて泣き崩れた。

数日後、気持ちが落ち着いたころ、速やかに、義父安芸守と夫飛騨守を遺体のないまま供養し葬る決意をし、村長の助けを借りて、細やかな葬儀を昭子は執り行った。

夫飛騨守家朝は妻子に優し過ぎるほどで、若い夫婦の笑いの絶えない明るい家族だった。数日前までは、合戦直前まで、城内の見回りをする傍ら、必ず妻子の居所に立ち寄り、不安を募らせる昭子を和ませることを忘れなかった。

そんな優しい夫が、今は、もうこの世に居ない寂しさと悲しさが同時に昭子の胸に掻き立てられて、もう我慢のしようがなく熱い涙が頬を流れ落ちていた。

また、義父安芸守家治は、実父のように温かい心で昭子を愛娘のように可愛がっていた。この義父も、今は身近に居なくなり、頼れるすべてをうしなってしまっていた。このような人生の悲運の時間と向き合うこれからの新しい生活を、この小楠野の地で始めた。

民家から程遠くない所に、亡骸のない墓をつくり、「冨田安芸守家治霊」の墓石を建立した。また、村の家の傍に川石に墓碑「冨田安芸守家治・冨田飛騨守家朝」と名を刻字し、深い心傷を癒し心を和ませるために毎日の供養に勤めるようになった。小楠野川の小川のせせらぎが、せめてもの心を癒す住まい環境を醸し出していた。

初夏から初秋の季節にかけて、小川から、蛙の美しい鳴き声が夕刻ちかくになると流れてくる。小楠野の地は、次第に悲しみに明け暮れる昭子たちに馴染み深く思えるようになってきた。

昭子と離れ離れなった安芸守奥方は、幼い子どもがいなかったので、大人の歩み方で素早く守山城を逃げ出して、さざ波のような起状の地形を乗り越えて、住み慣れた本拠地上永野の隈部館の下手にある冨田安芸守大邸宅に立ち寄り、久しぶりにこの地の新鮮な空気を胸いっぱい吸い込み、高所にある庭に出て、隈府守山城の方向に向かって、夫安芸守と長男飛騨守が無事で居ることを祈った。

追手の佐々成政兵が追ってくる恐怖心に駆り立てられて、長居することなく、住み慣れた大邸宅を発ち、城村城の隈部親泰の重臣有働兼元へ嫁いでいる長女の元へと急いだ。

邸宅から桑原、五郎丸、鷹取、川原、長谷川、車谷から日ノ岡山の北側を超えて、首石へ抜けて久原、下吉田、日輪寺を通り稲作田んぼをとおり、岩野川を渡り切れば、もうすぐ長女の住む城村城にたどり着く。

ここまで逃避すれば、もう、わが身は安全なところまで隈府守山城から遠ざかり安堵した。

長女の婿殿は城村城の城主隈部親泰の家臣有働大隅守であった。

また、幸運にも城村城には守山城を合戦前に戦力では圧倒的な強さを誇る佐々成政殿の軍には勝ち目はないとして、戦体制を立て直すために城村城へ脱出してこの城ですごしていた

孝子は隈部親永の配慮で、安全な隠棲の地を探し、下野城城主内空閑鎮房（隈部親永の二男で内空閑家へ養子）の目の届く山本郡姫井の村はずれに隠棲した。

その後、戦が終わってから数日後、和睦のために佐々成政殿へ人質として隈本城へ差し出されていた安芸守の二男捧千代（しょうちよ）が大窪で顔見知りの行商人と出会い、母

の住む姫井で再会した。
孝子は安芸守と長男飛騨守の死を受け入れていたので、二人を供養するために玉名郡木の葉にある西安寺（現白川宮）まで一三㎞の険しい山道を越えて供養を勤めた。近くには広にお寺はあったが明蓮寺は豊前街道沿いなので人目に付きやすいので避けて、わざわざ木の葉の西安寺へ出向いたのだった。（参照『氷筍』）
昭子が小楠野近くのお寺での葬り供養する際に、住職から安芸守への戒名「窓香殿勝心居士」と授けられた。
亡き飛騨守と昭子の間に生まれた長男の名は冨田新左衛門源貞八と名付けられていた。小楠野の生活に慣れ、月日が経ち立派な若者へと成長した。もちろん、冨田一族に対する誇りは、母親、昭子から所持している大切な家宝帳系図を基に家系の誇りを徹底して教えを受けたから、代々のご先祖を敬い崇拝する武士の家系であることを学び取ったのだった。

小楠野川を上流へ上り詰めたところに、大きなそそり立つ大岩があった。その岩の頂上から西の方向を眺めると、標高二～三〇〇mの小さな山を一山、二山、三山越えた先に、ご先祖の故郷、上永野（現山鹿市菊鹿町）があり、一望できる場所を発見した。

そこに辿り着くたびに、我がご先祖が愛した地、長野村（上永野）への、まだ見ぬ思いを強く抱くようになった。そこには、祖父と父が埋葬されている故郷、そこには屋敷原口の原山の一角にあった。

安土桃山の戦国末期は、当時の権力者によって、敵対する勢力には墓所ごと更地にして抹消される時代だった。それを回避するために安芸守家臣たちが阿佐古川（木野川）から川石を拾い集めて墓石とした。つまり、誰の墓であるか特定できないような墓作りをしたのだった。

ただ、墓の目安として、安芸守と飛騨守の埋葬墓は面積を他より広く取り、他の家来衆の墓石とははっきり区別した。

また、仏教の魂を忘れることなく、墓石は正面を真東に向けて、供養のためにお詣りする際、釈迦如来様と物故者を直線上の列にして同時にお詣りできるように墓つくりされている。

この地故に、今は亡き祖父安芸守家治と父飛騨守家朝の二人が永眠する墓所があるのだろうか、供養への想いは募るばかりだった。

ご先祖を供養するために、お盆、お正月、お彼岸日には小楠野から標高二〜三〇〇mの小高い山を登ったり下ったり苦労しながらお参りしなければならなかった。

三、平助のご先祖供養の旅

この宇野から冨田姓への改名については、現在まで、何故なのか明確な裏付けはできていない。

隈部家二二代隈部忠直（一四二六～一四九四年卒）の時代、長男隈部親興を宗家とする宇野家の家督相続のために宇野家の養子となった。親興の孫の宇野家光は宇野次郎と改名し、さらに冨田次郎（一五四七年卒）に改名した。冨田姓の祖となった。

冨田家の菩提寺は、隈部家隈部忠直二二代の前世代忠直の父二一代の隈部朝豊（忠豊）が菊鹿町上永野五一一構口に、浄土真宗　本願寺派　慈雲山　光厳寺　を開基した。光厳寺は二二代隈部弘樹住職がお勤めなされている。

「隈部家の代々物語」にも隈部家・冨田家の関係が記録されている。

次郎の嫡男、影直、氏嗣、直方の三人。影直の二男景元は上永野（現山鹿市菊鹿町）にある清譚寺の住職となるために出家した記録がある。

この冨田系図から、源、宇野、隈部、宇野、冨田姓へと変遷していることが分かる。

その冨田四代目の安芸守家治、五代目の飛騨守家朝と続いてきた家系であったが、不運にもこの四代、五代目の時、秀吉の薩摩征伐の帰路、突然、佐々成政に肥後国主に任ぜられ、肥後を統治することとなり、佐々成政の考えた農地の新たなる検地方法について、隈部親永を筆頭に肥後五二人衆が決起、その先頭に立ったのが、隈部親永であった。

国主佐々成政殿の検地実施の一番の取り組みを隈部親永の領地としたため、隈府守山城を力をもって排除することにした。これが肥後国衆一揆だった。

この一揆の戦、惜しくも合戦にて一度しかない人生を亡くす運命だった安芸守と飛騨守父子の二人だった。（天正一五年（一五八七）七月二八日旧暦）

人の生命とは不思議なもの、生きている現在なら、思いのままに振舞うことができ、業績を築くことができるのだが命を落としてしまえば何一つできなくなる無念さがある。

今を生きている残された人間にとって、一年に春秋彼岸・盆・正月・命日の五度のご先祖の霊を供養する勤めも小楠野の住まいから離れていると、加齢とともに気重たくなってくる。

小楠野の上流に見える大きく勇敢に聳えている夫婦岩の麓まで登れば、西側に広々と開けている上永野郷方面が眼下に見えてきた。また、夫婦岩は、その西側の下永野からも眺望できる。

つまり、小さな三の山と山の谷間を通り、そのひとつの山を越えれば、小楠野と上永野は隣接した地形であった。小楠野は隣接する白木を通りその尾根の東側にあり、反対の尾根の西側にはグミノ、小畑、阿佐古へ通ずる。そして阿佐古集落を流れる木野川を渡れば目前の高台に上永野郷が広がっている。

このようにして、この二地点間の往来は、小高い山あり谷ありの峰を越えなければならなかった。

それを克服するためには、墓守として、墓所の傍に住まいを構えることが賢明な時間の過ごし方と思うようになった。

そして、飛騨守の嫡男の一人が、平助と名のり、墓所のある上永野屋敷（原口）に供養のために墓所の傍に居住した。初代平助である。

それで昭子の供養の勤めを飛躍的に故人への冥福を祈る場を確立したのだった。

この墓守を勤めた初代平助が他界した後、二代目平助はご先祖供養に徹した労をねぎらい供養のために、安芸守と飛騨守の眠る墓石の間に初代平助を埋葬した。墓誌のない無名の墓石が現存する。

永い間、現存する墓所の安芸守と飛騨守の墓石の間に埋葬されている人物が誰なのか、特定できなかった。それは安芸守の奥方の墓石かとさえ思われたが、奥方孝子は、鹿央町姫井の地に埋葬されている。墓の面積の広さから比較すると、身分的には三番目にあたる人物である。

そこで、墓を守ってきた身近な人物と推測しても諸条件から符合するので、初代平助の墓石と現在では特定している。江戸時代の平助六代、七代は墓碑もあり特定できる。

もちろん、戦国時代の末期から徳川時代にかけての文化の伝わる速さは、地方田舎への世間の文化流行は今の時代のように即、全国隅々まで伝わる時代ではなく、伝播する速度は非常に遅く、何十年単位、一世紀単位でじわりじわりと伝わる不憫の時代だった。

それで初代平助の墓石も刻銘もなく、安芸守・飛騨守と同じく、ただの川石を並べて造られた朽ち果てた墓石であった。そうすることで、故人の永遠なる安らぎのある静かな墓所となるようにしたものと思われる。

そして、この墓所全体に永眠する肥後国衆一揆隈府戦場の戦死者の墓として埋葬されている。そこにこの墓所の故人は冨田安芸守の墓として、先祖代々言い伝えられて墓守は現在まで続けられている。

国衆一揆から二〇〇年ほど経った江戸時代になり、世の中が安定した頃になると、六代平助の正式氏名、冨田七左衛門（一七九五年一一月卒 戒名覚法無三居士）の墓石が家紋姓名戒名を打刻して建立されることになった。

この墓所に平助は七代まで刻名が残されている。天正一五年（戦国時代末期）、大きな墓石に墓誌を刻字することは時の為政者により抹消されてしまい、平地と化してしまう。それで近くの川から拾い運ばれた川の石を墓石として葬ったのである。戦国時代の敗者と末裔たちの世にははばかることのできない一族の宿命が物語られている。江戸時代には安定した社会になり、家紋と俗名を堂々と墓誌に刻字できるようなった。永野原口の墓所が代々ご先祖供養として受け継がれて今日に至っている。

冨田飛騨守家朝の奥方の亡骸は、現在の菊池市小楠野の地に小川のせせらぎや蛙の鳴き声を聞きながら今も永眠する。

また、安芸守家治の奥方は鹿央町姫井の地にて静かに永眠する。肥後国衆一揆の隈府合戦以来、四三七年経った現在でも菊鹿町上永野二三〇八番地に冨田安芸守と長男飛騨守そして平助の墓として子孫に供養されている。

そこには不思議な朽ち果てた墓石群があり、悲運を共に生きた戦国時代末期の時間の流れが氷濤となり、今を生きる末裔がご先祖ロマンを誇り得る偉大なご先祖として供養する墓所となっていた。二〇一二年八月に冨田家先祖供養塔を建立し、国衆一揆で戦死した安芸守父子、姫井に永眠する安芸守奥方、小楠野に永眠する飛騨守奥方と散逸した御霊を合祀した。

これが、上永野屋敷原口に残る血統は隈部家・宗家は宇野家である冨田一族のファミリーヒストリーである。

（既存隈部家系図　冨田家系図による）

後日譚

○著『氷筍』と著『氷濤』（ヒョウジュン・ヒョウトウ）

隈部親永の一の家老安芸守家治を頂点にした安土桃山戦国時代末期、天正一五年七月二八日の新肥後国主佐々成政と隈部親永たち五十二人の肥後国衆等が新検地の在り方について、意見対立した。

羽柴秀吉から所領を安堵された隈部親永等がお墨付きを支えにして新しく肥後国主となった佐々成政と激論した。しかし、結論ありきで国主佐々殿は秀吉のお墨付きを反故にして、佐々成政の肥後国統治のため検地を強行した。そこに、肥後国衆一揆は勃発した。

検地反対の先頭に隈部親永が立ち憚った。戦経験豊富な佐々殿は兵を率いて、隈部親永の居城守山城を攻略した。

その不幸な戦に巻き込まれた家臣や妻女たち、逃げ惑うことは必至であり、安住の隠棲の地を求めて、焼け落ちる守山城を脱出した。

この脱出する混乱に紛れて別々の逃走経路で隠棲する地が異なった。安芸守奥方の孝子と飛騨守奥方の昭子の別々の異なった運命が待っていた。この二人の異なった運命の足跡を、安芸守奥方を『氷筍』（二〇一四）で著し、『氷濤』（二〇二一）で飛騨守昭子の歩んだ足跡を著した。

『氷筍』とは、戦国の世の敗者の悲惨な人生を生き抜いた姿で、当時の世の中は氷のように冷たく、容赦なく生命の危機と向かい合いつつ、コツコツと人生を築き上げ、人質に差し出した二男との再会で母子ともに幸福な時を過ごすことができた。（所蔵家系図）

他方、義母孝子と守山城脱出で、離れ離れになり、別々の逃走となり、隈府の地形には殆ど慣れていない昭子。身の回りの世話をする数人の付き人たちと、戦禍の守山城を幼い子供を連れて、安全な方角を目ざして、必死に逃げ歩いた。

そのたどり着いた地が、守山城から迫間川上流方向にある五㎞程の山間地、小楠野であった。落ち着く地なのか気にしつつ村人の温かさに引かれて、安住の隠棲する地として、生活を築き始めた。

小楠野は、隈府からさほど遠くない丘陵山村であった。この地で幼な子育てに武家風に厳しく育てた。そして、不幸にして、国衆一揆で戦死した、義父と夫の供養を人生の糧として勤めた。(所蔵家系図ある)

『氷濤』著は肥後国衆一揆によって、敗者の身となった飛騨守奥方昭子の氷のような冷たい戦国の世を幼い子たちと共に悲壮感に浸る人生の大波の中を、前向きに冨田一族への誇りを育みつつご先祖の誇りを持して供養の念に徹した。

その時代時代を受け継いで生きる強い心の豊かさを育んだ。悲壮感に生きることなく人生の尊さを子供たちとともに、偉大なるご先祖への誇りと供養に邁進する戦国時代の女性であった。

○戦死した戦場の「院の馬場」地名の由来

合戦の当日、この地にて、城から突撃した安芸守と飛騨守父子が、佐々軍勢にて斬り殺された戦場が、守山城大手門を駆け下りた目前にある院の馬場だった。芋の子を洗うような多勢の佐々成政軍と一戦を交えた戦地が城の敷地の一部の軍事訓練所が「院の馬場」と言われていた地だった。

運動場のような広い土地を柵で囲い、犬を放ち、馬上の騎馬兵が追いかけて、戦う戦法の訓練所であった。

古くは菊池氏の時代は、「犬の馬場」と言われていた。犬を放ち、馬上の騎馬兵が騎馬戦戦法を訓練していた。戦の時代の変遷とともに「院の馬場」と言われるようになったそうである。

その院の馬場は、現在の菊池市の立町・横町・菊池高校第二グラウンドあたりである。横町は栄町に隣接している。大手門から四〇〇mほどに位置していた。

○隈部館国史跡指定

平成二一年七月二三日（二〇〇九）隈部館は国史跡指定を受けた。

上永野一五一六－二（標高六八二m）麓、背面山頂に猿返し城を築き、戦時は城へ移動し戦いに備えた。館の水は猿返し山麓からの湧き水を引き、庭園には池もあった。城門から一〇〇mほど下ったところに、冨田安芸守大邸宅跡もあり、庭の「鷹の水飲岩」と言われる動物の像の体ほどの大きな庭岩が今もある。（現栗畑の中）

「あんずの丘」に隈部親永武士像　最大級の銅像がある。隈部館まで東へ約五km

平成二三年一一月一六日（二〇一一）除幕

○隈部家と冨田家の関係

何故、冨田家が血統は隈部家、宗家は宇野家なのか系図によれば、一二六四年（文永元年）菊池武房から、隈府の旧地名、隈部姓を授かり、宇野源四郎から隈部持直と名乗った。隈部姓の始祖となり上永野郷に菊池氏の家臣として土着した。源から宇野へ、そして隈部姓となった。家紋は両家とも「二つの梅鉢の檜扇」である。

二二代隈部忠直（一四二六－一四九四）の時代、宇野家家督相続のために長男が宇野親興を名乗る。

親興の二男宇野親門となり、親門の長男宇野家光が冨田次郎に改名し、冨田姓始祖となった。

○幻の今村観音寺について

隈部親興の二男家督相続で宇野親門の長男宇野源次郎家光が改姓冨田次郎と名乗り　冨田の祖である。亡骸は内田村今村観音寺葬　天文一〇年（一五四一）辛巳　二代冨田但馬守直方　弘治二年（一五五六）丙辰　今村観音寺葬　と系図に記載されてあり、菊鹿町上内田の地を訪ねた。相良観音寺の裏の尾根の反対側にあった。観音寺の痕跡は発見できなかったが、「一三仏さん」が集落を上ったところにあり、数十年前までは、遠方から訪ねる人々が多かったとの村人の話を聞くことができた。今村には菅原神社、猿田彦大神碑などがあり、宗教的雰囲気が残されている。不思議な山間の集落である。

相良観音寺の参道の土産品店の近くに「宇野さんの墓」が一基、朽ち果てた状態で残っている。第七五代宇野宗佑総理大臣はご先祖ルーツのお忍び旅で相良観音寺と隈部館跡を訪問していた。

この上内田村今村は地形的には、北西には竹間荒平峠があり、岩野川流域側からの人の往来は多かったようで、現在は岩野で国道三号線と交差する県道一八号線が通っている。

後日、相良観音寺地域を訪ねた。観音寺沿いの住民に尋ねたら吾平山の全景が見える場所に案内してもらい、説明を戴いた。説明によると古い相良観音寺は吾平山の右寄り八合目、九合目あたりにあった。今村からは西側の低い尾根伝いに東方向に歩けば観音寺があり、吾平山尾根を越えた北側に今村から通じた参道があった。現在も今村・相良間の山道があり、現在の境内は明治時代になってから山の高い場所から集落よりの現在地に移されたものと参道沿いにあるお土産店主杉浩氏は話す。

幻の今村観音寺とは現相良観音寺の最初の観音寺と今村は近距離にあり詣で参道沿いで重なることから地形上の背景から実在したことは正しいようである。

相良観音は宇野家、隈部家の守護神とされていたことも関係深いとされていた由縁である。

○**津袋の工藤家の祠の由来**

鹿本町津袋字重一一八－一に一二〇cm×一〇〇cmの石づくりの祠がある。土地の所有は工藤保氏。その祠を「冨田さん」と呼び、毎年一一月二九日に親族が工藤家で一同に会し、毎年一一月二九日に供養しているとのこと。

何故、この畑に祠があるのか、その訳を詳しく尋ねてみると、昔、祠のある畑の傍に道路があり、そこから東を望めば、崇拝する隈部親永の居城と館が一望できる場所であった。その手前には津袋城があり、戦国時代の敵侵攻の見張りする出城があった。その津袋城の城主は冨田一族が任務を担っていた。肥後国衆一揆の当日、戦い危ういとのことで、家臣冨田某と五人とともに伝令としての帰途、城が良く見えるこの地まで引き返しみれば、既猿返し城は炎上し焔に包まれていた。その状況をその道路から見た津袋城の関係者六人が、「もはや、これまで」と一同は覚悟を決めて、はるか火焔の中の伏拝み、この地で嘆き悲しんで自らの命を絶った。

当時の村人たちが憐れに思い、その遺体を津袋の人々が一緒に手厚く埋葬し葬り、供養し祠を築いたそうである。祠の中にはその六人の御霊の六個の石が入っていると今も言い伝えられている。

○安芸守四三〇回忌の法要

上永野屋敷原口にある冨田安芸守と一揆の戦死者墓所には、庭の花壇のような川石を並べた朽ち果てた墓で埋葬されているので命日・名前など、即知ることはできない状態だった。国衆一揆は天正一五年七月二八日（一五八七）と系図に記録されていた。

それから四三〇年経た二〇一七年一二月一〇日に冨田一族一同有志が集い安芸守家治・長男飛騨守家朝の没後四三〇回忌を、住職にお願いして故人二人の名前をお経で挙げて戴いた。不思議なことに、法要の一一月前の一一月七日、東京からの来客を熊本空港へ送る途中、時間調整のため、稗方から小木を経由して、竜門ダムを案内するために、狭い山道をドライブしていると「こうやってドライブしていて、道路近くに墓地が見えると車を止めて、家紋と苗字を確認し、同じものであれば、「今は赤の他人だけど、昔は、どこかでご先祖は同じ一族だった」とご先祖ロマンを語っていたその時、前方に同じ家紋の墓石を発見。車から降りて、墓碑を確認。来客もその不思議なめぐり逢いに感嘆し、写真撮影などで時間を費やし、竜門ダムの案内はキャンセル。予定通りに熊本空港へ来客を送り届けた。その地こそ、飛騨守奥方の隠棲した小楠野であった。

四三〇年前の兄弟の弟捧千代の末裔鹿央町姫井冨田啓一氏ご夫婦も、父子供養の四三〇回忌の法要に集った。

○ご先祖墓所の整備取り組み

家屋の傍にあるご先祖墓所（菊鹿町上永野二三〇八番地）、他家にはこの地域では見かけない。子供のころから、何で我が家だけに、こんなに古い墓がありお世話しているのか不思議だった。小学生・中学生のころ、同じ村内の郷土史研究家の方々が、「安芸守の墓」確認調査で訪ねられていた。しかし、事前の調査と符合することのない墓、「安芸守墓」とは違うと話して帰る姿を思い出す。

言い伝えでは「安芸守の墓所」として数百年も郷土に言い伝えられていたのである。埋葬の仕方が、ただの川石の少し大きめの石を縁石とし、墓碑もない。まるで庭の花壇のような朽ち果てた墓であった。

安芸守たちの墓石は、どう見ても誰の埋葬墓なのか確認できなかった。探求の結果、今となって、分かったことは、墓の面積が、安芸守と飛騨守は大きく広く、家来衆の墓は、その半分以下の狭い墓面積で二〇数基ほどあった。

国衆一揆から一〇〇年後の墓石は、二段重ねの角形墓石に戒名と命日だけ打刻されている。そして、さらに一〇〇年後の一八〇〇年代となり、ようやく、世の中が落ち着いた時代になり、家紋、俗名、戒名、命日が墓石に打刻された時代を迎えたことが分かる。

ご先祖の探求を進める中、夏は雑草が生い茂る時期、墓所整備として、コンクリートを張り、除草対策を講じた。

また、家系図発見により、命日を特定、朽ち果てた墓では、後世にも解り辛いので、墓の縁石を残し、その内側に三段重ねの石塔を建立した。

現在は墓石の他に数百年と言われる丈三m、幅四mの大ツツジが春には開花します。また、武具を埋めたとされる場所には、シャクナゲが春には霊を和ませています。

冨田家ゆかりの墓碑銘
●冨田安芸守家治墓　一一〇×一一〇cm
●冨田飛騨守家朝墓　一一〇×九〇cm　●平助墓　八〇×七五cm
●一揆戦死兵墓　六〇×六〇cm
●四三×四三cm　一七〇〇年代正徳六年三月六日　俗名無し　戒名のみ　釈休可
●一一〇×一四〇cm　六代平助　家紋・戒名　光故
覚法無三居士　俗名冨田七左衛門　寛政七年十一月
●一六〇×一六〇cm　二月十八日　実相院申　俗名　冨田佑金　七代平助
孝子　敬白

おわりに

人はこの世に生命を授かり誕生する。しかし、自分という人間を認識するまでは数年間の自己認識の無いまま、ひたすらに本能的に生きる感覚で日々を過ごす。野生の動物の中には生後、数時間で立ち上がり母親と共によちよちと歩き始める動物もいる。人と野生動物の不思議議な生命を育てる違いがある。

人は、自らの意思を持ってこの世に生まれてきたのではない。ふと、何故、自分は此処に居るのだろう。この生命を授かった不思議さに目覚める。この世に誕生した定めとして、受け入れつつ成長する。

数十億年前に地球が形成され、さらに人類が誕生して以来、生命を絶やすことなく維持し継承されている。この時間の今を語るにしても、長い生命の遺伝子の旅は、各々世代に伝わりつつ、命として、今に受け渡されて生きている。

人という漢字の由来は、己は自他の人に支えられて人となり得るというものだ。今を生きる自分のルーツを辿るファミリーヒストリー、そこに悠久のロマンがある思う。

冨田家には、他家にはめったにない、天正一五年代の不幸にも肥後国衆一揆で戦い、戦死した二人の墓石が現存している。それが「冨田安芸守家治」とその長男「冨田飛騨守家朝」である。

安芸守の奥方の国衆一揆に惨敗した後の人生の足跡を『氷筍』で著し、飛騨守奥方の足跡を『氷濤』で著した。

いずれも史実をもとに書き下し、現在の末裔につながっていることを、数多くの残された貴重な資料の裏付けによりまとめたものである。

飛騨守の奥方が守山城落城後の恐怖と苦難の道を歩んだ当時の足跡は冷え切った冷たい

氷の大波の海原のような波乱の時代であった。安芸守一族が根拠地とした菊鹿町上永野に眠る偉大なるご先祖、義父安芸守と夫飛騨守を永代供養するために子孫を墓守のために平助と名乗り居住させた。

七代平助（墓石）へとご先祖供養を絶えさせることなく勤めた子孫を育んだ。その奥方の強い志により、今もこの地に冨田一族の墓所があり、末裔たちの供養が継承されている。

冨田安芸守家治の墓所は上永野にあり、奥方と二男椿千代は山鹿市鹿央町姫井に、そして飛騨守の奥方は、菊池市小楠野の地にて永眠する。

この散逸する三か所の墓所が物語っていることは、戦国時代の敗者となれば世にはばかる残酷な社会の姿となって後世への無言のメッセージである。

今を生きる末裔としてなすべきことは何か、それはこれらの散逸した御霊を土着の地に合祀することであった。

そこで「冨田家先祖供養塔」を二〇一二年八月吉日に安芸守の永眠する上永野二三〇八番地墓所に建立した。

そして、二〇一七年一二月一〇日現菩提寺　浄土真宗　本願寺派　慈雲山　光厳寺　隈部弘樹（光厳寺二二代）　住職に四三〇回忌供養経を賜わり供養に勤めた。

本書は、一族がいくつもの悲運に遭遇した当時の有様を史実として後世に伝えるために執筆したものである。合掌

最後に、生きていく人生の中で、いろいろな人々との出会いに感謝しつつ、ご先祖を探求出来たことを幸福に思う。

資料編

家系図

―冨田家の血統は隈部家　宗家は宇野家―

清和天皇十代　姓源

人皇七十七代後白河院御宇保元平治之合戦被賴于新院於法性寺海道與平氏基盛合戦終不利因是下向于肥后州云云此時菊池次郎藤原隆直卿時代也國中所々巡遊之節相攸於山鹿郷而蟄居于湯里閑温泉云云文治二歳八月七日卒行年七十一葬於吾平之相良寺

親治　宇野七郎　兵庫頭藤原仲常聟

須直　源下野守

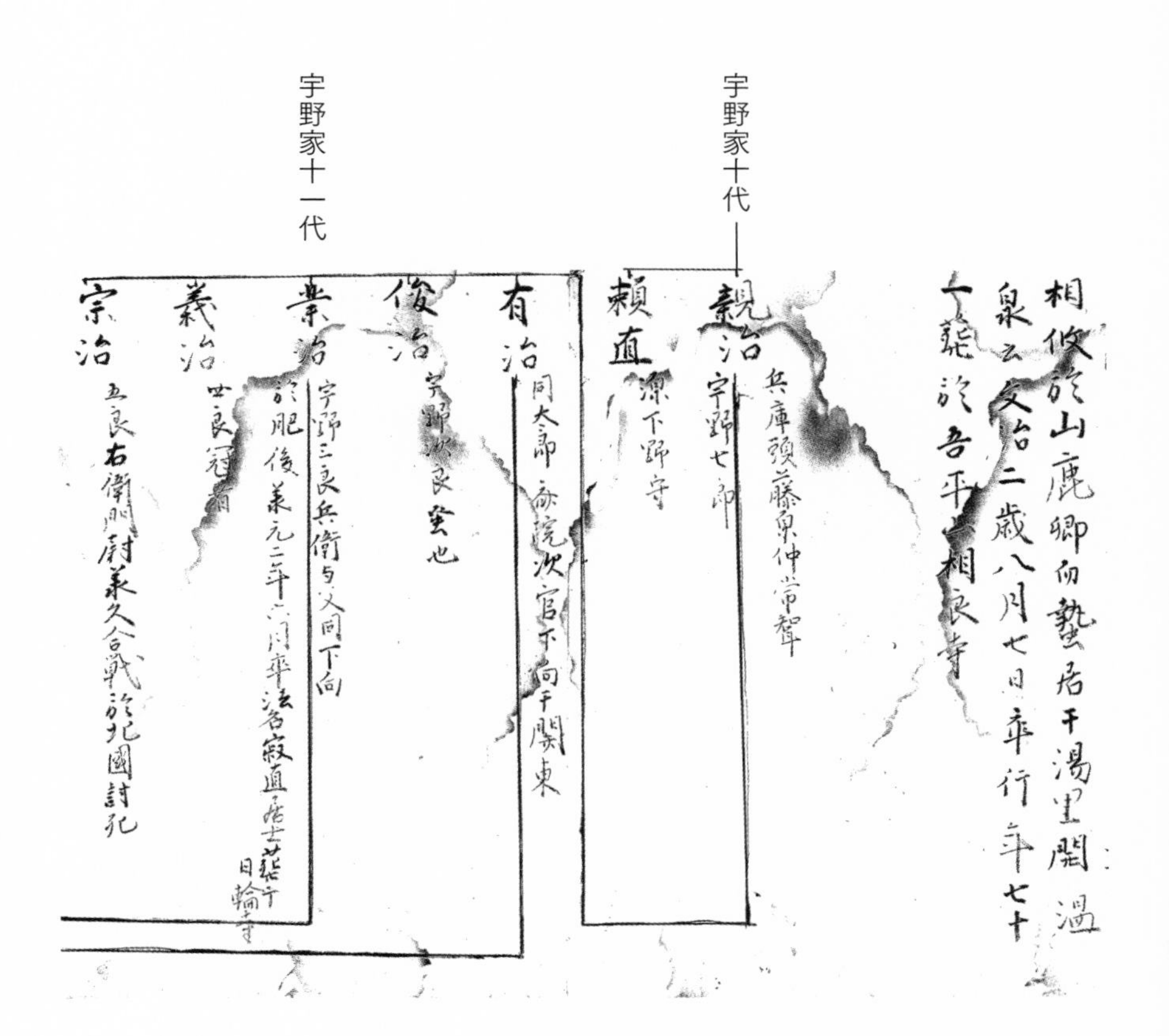

相俊 於山鹿郷向勢居于湯里閑温泉云 文台二歳八月七日卒 行年七十 葬於吾平山相良寺

親治 宇野七郎 兵庫頭藤原仲常聟

頼直 源下野守

有治 同太郎 称院次官下向于関東

俊治 宇野次良 筑也

業治 宇野三良兵衛尉 父同下向 於肥後 兼元二年六月卒 法名寂直居士 葬于日輪寺

義治 四良冠者

宗治 五良右衛門尉 兼久合戦 於北国討死

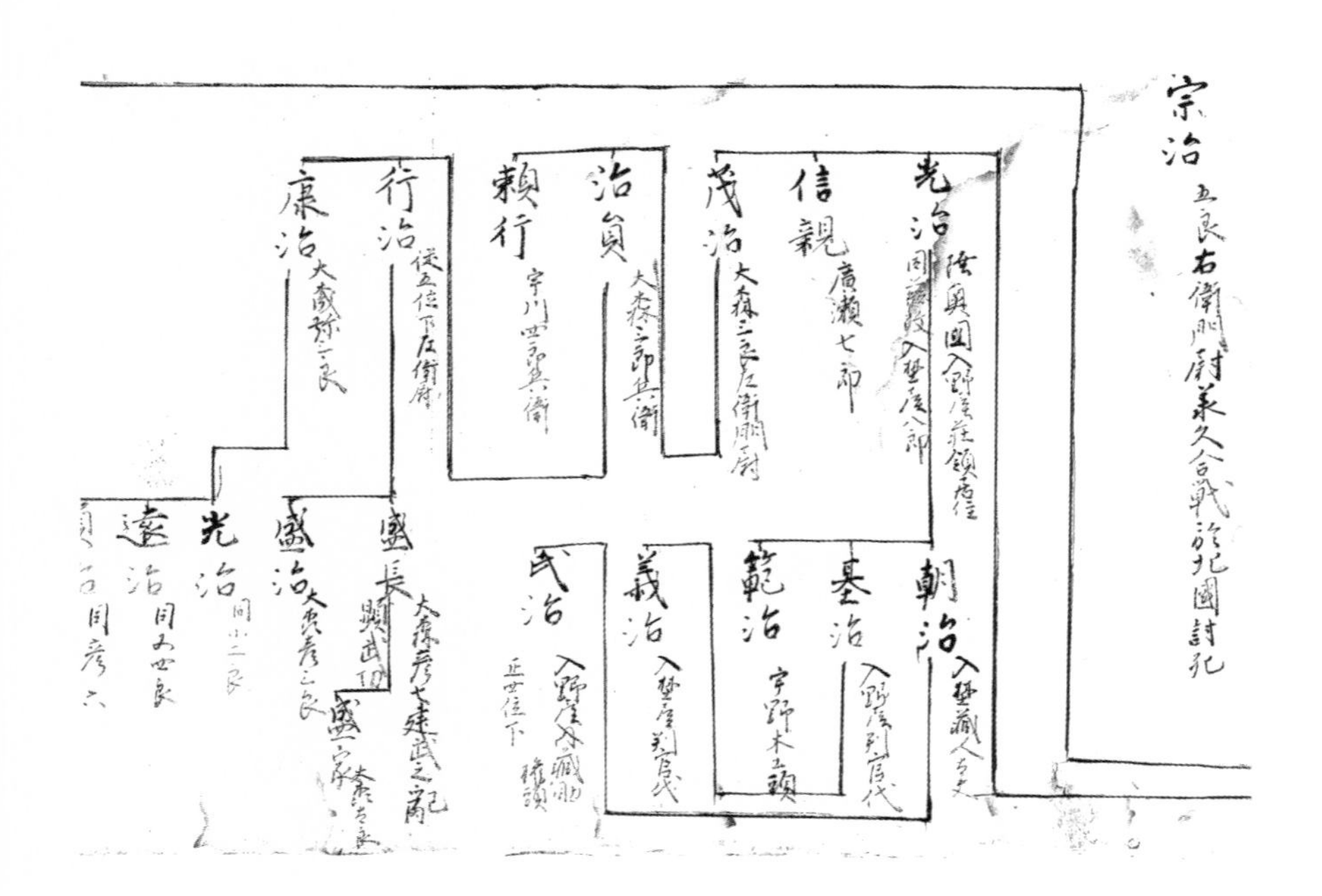
宗治 五良右衛門尉 義久合戦於北国討死
光治 陸奥国入野庄荘領居住
入埜彦八郎
信親 廣瀬七郎
茂治 大森三郎左衛門尉
治貞 大森三郎兵衛
頼行 宇川四郎兵衛
行治 従五位下左衛門尉
康治 大蔵孫三良
朝治 入埜蔵人大夫
基治 入野彦判官代
範治 宇野木工頭
義治 入埜彦判官代
武治 正四位下
盛長 大森彦七建武之記
興武
盛家 大森彦太良
盛治 大森彦三良
光治 同小二良
遠治 同又四良
同彦六

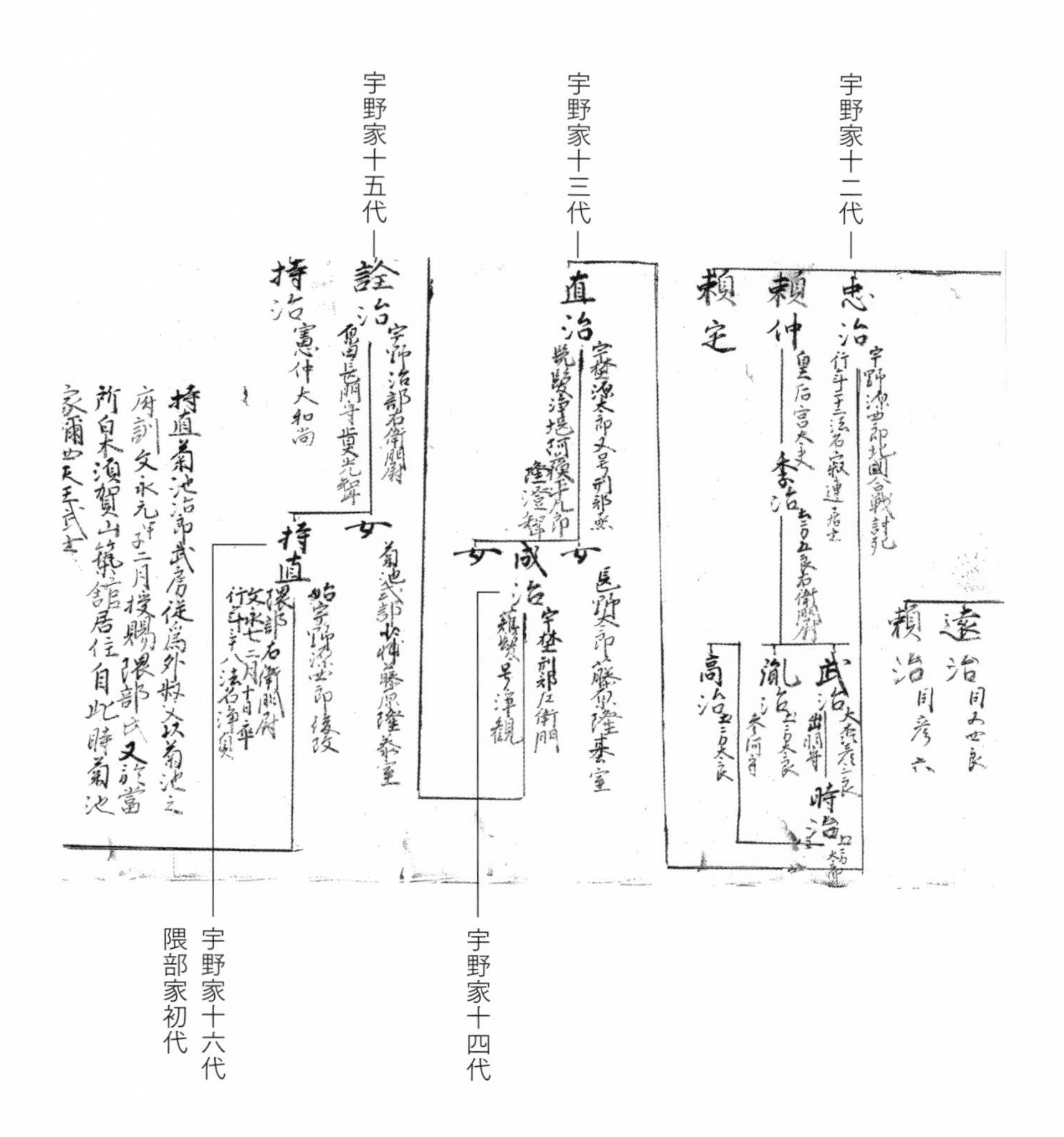

宇野家十二代
忠治
頼仲
頼定
宇野家十三代
直治
宇野家十四代
成治
宇野家十五代
詮治
持治
宇野家十六代
隈部家初代
持直

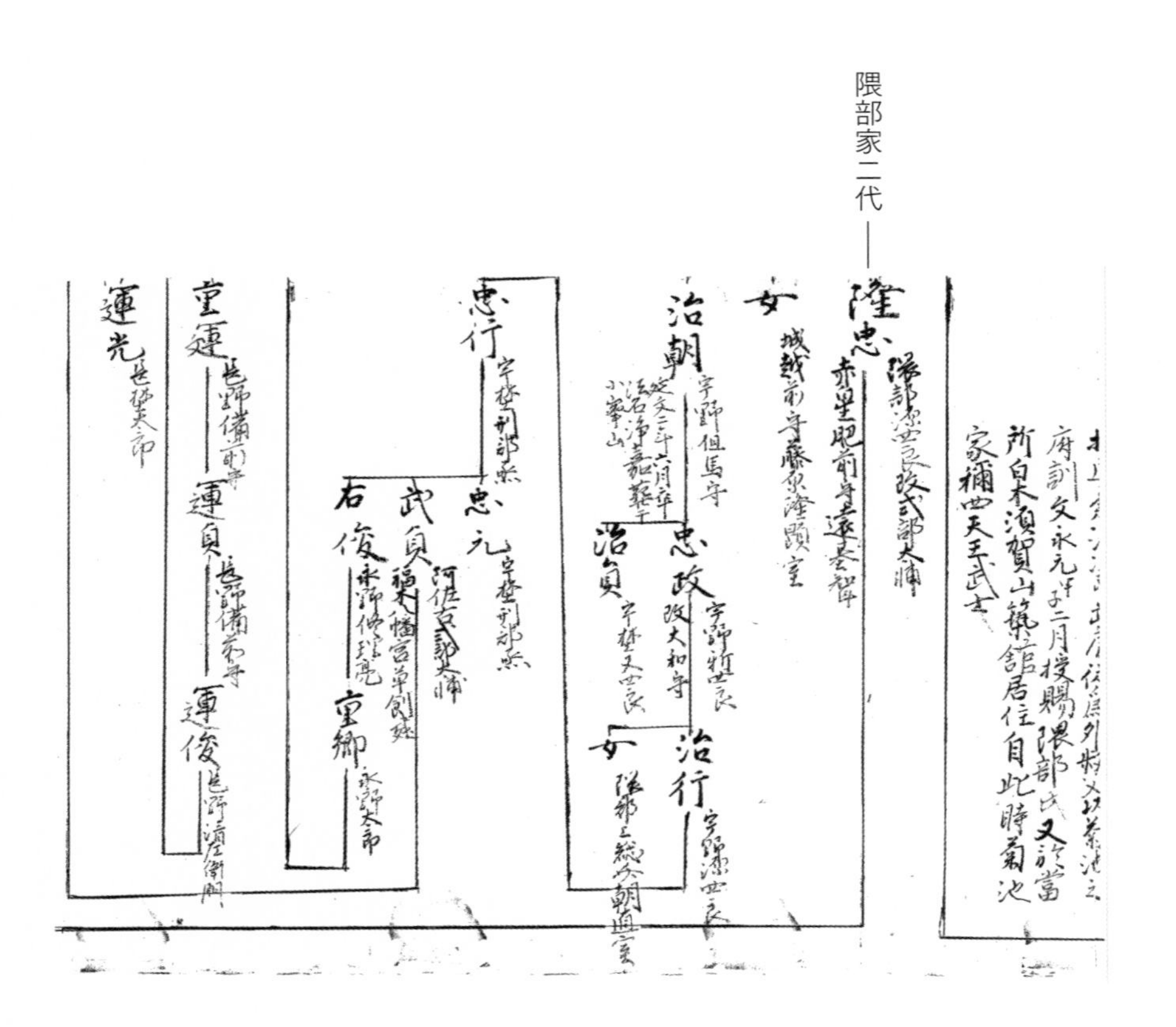

隈部家二代

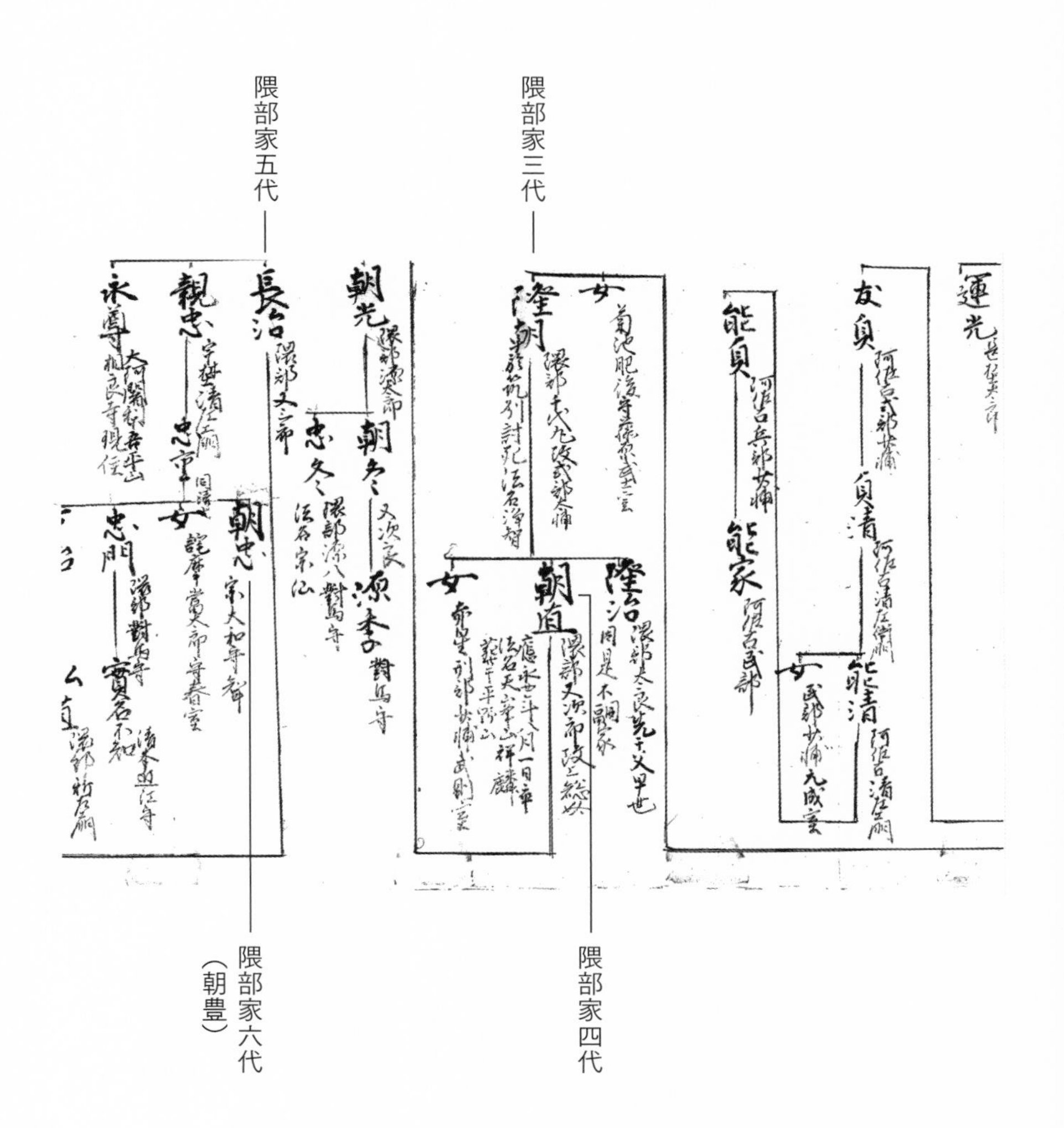
隈部家五代
隈部家三代
隈部家六代（朝豊）
隈部家四代

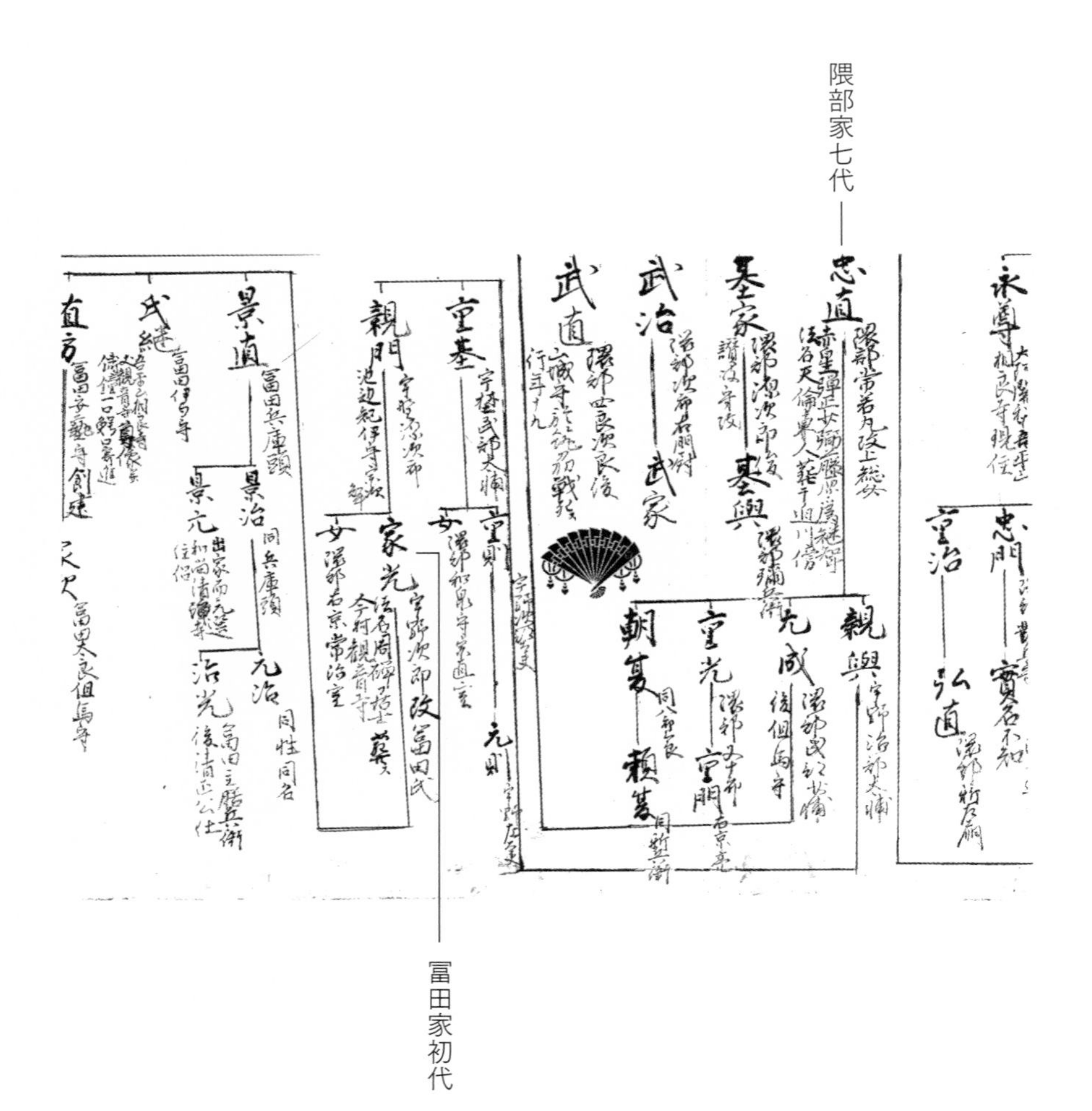
隈部家七代
冨田家初代

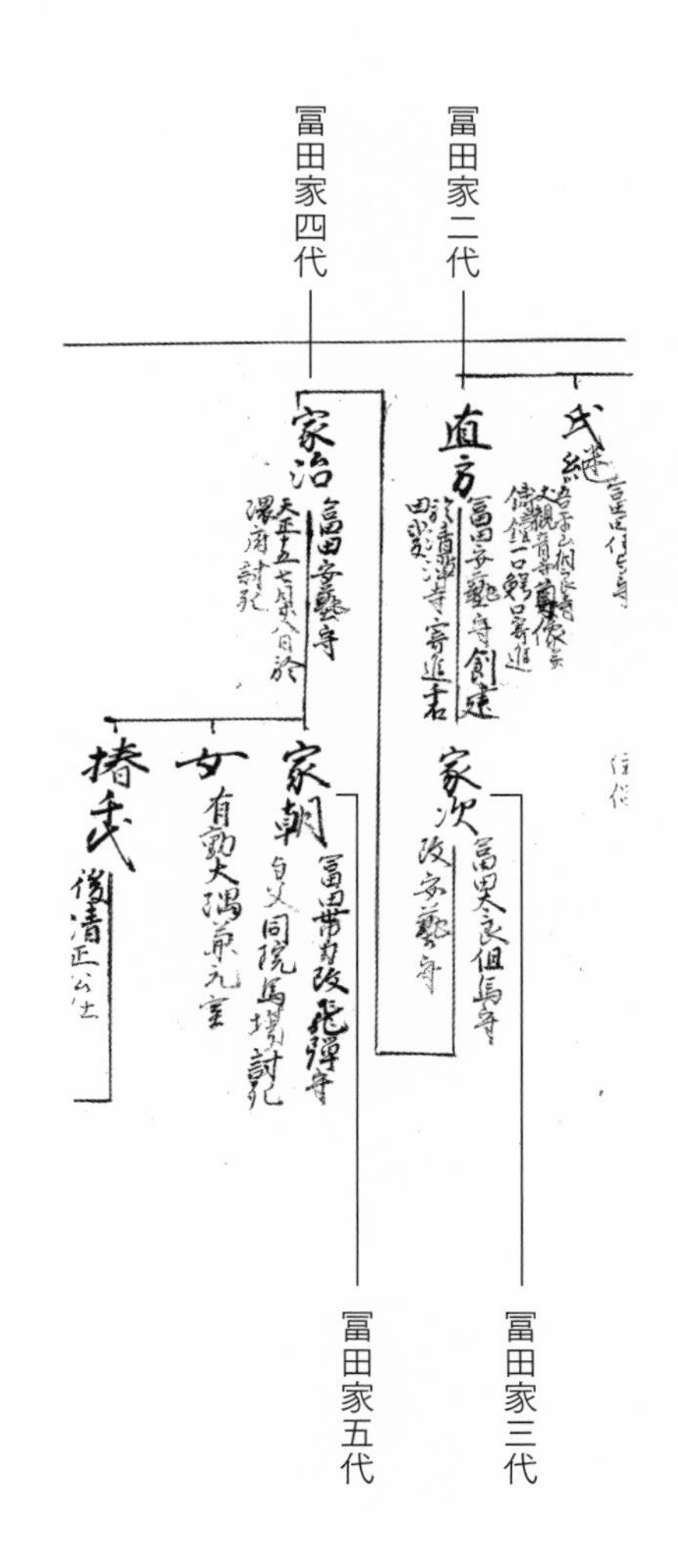

冨田家二代
冨田家四代
直方
家治
家次
家朝
女
冨田家三代
冨田家五代

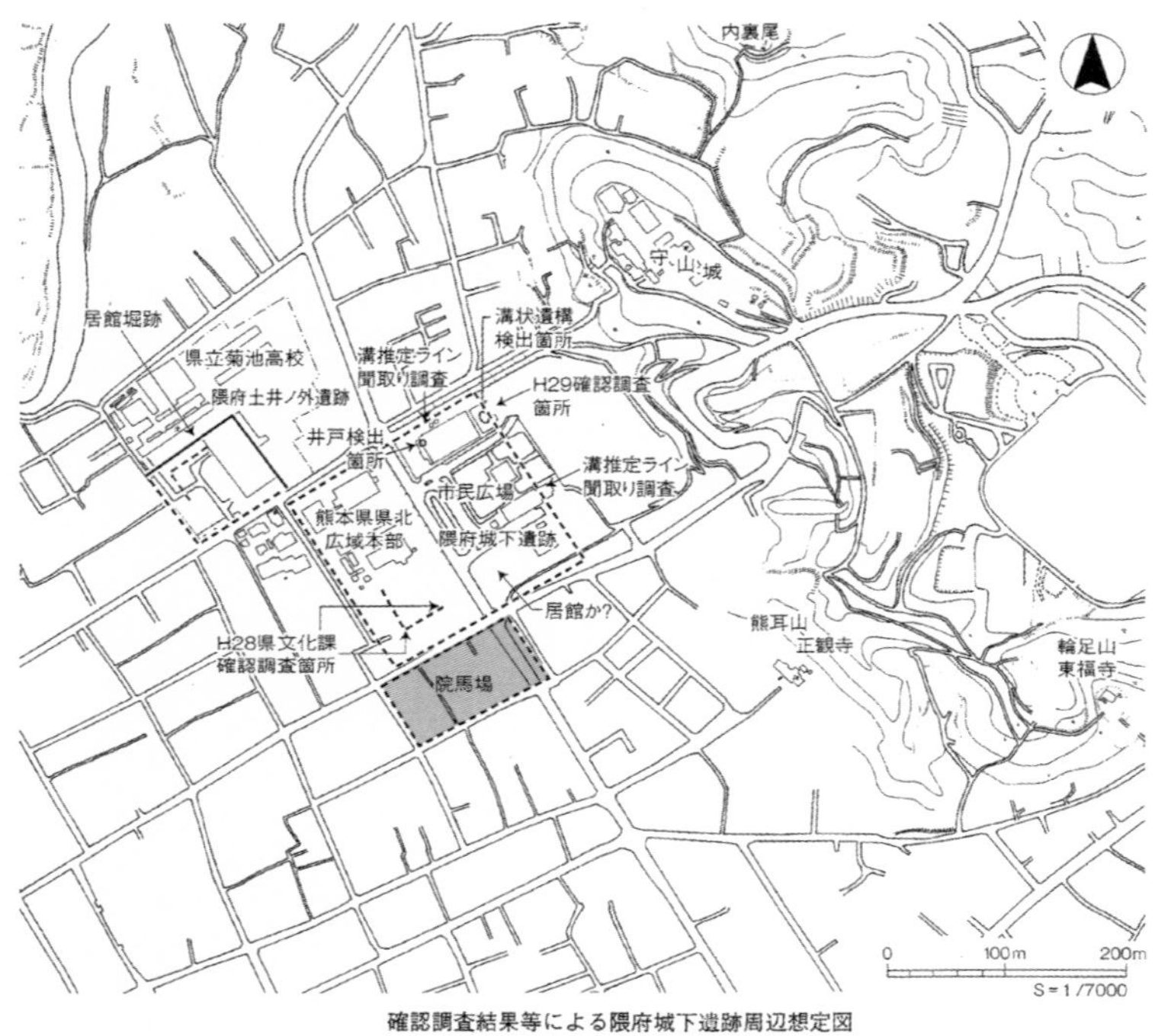

確認調査結果等による隈府城下遺跡周辺想定図

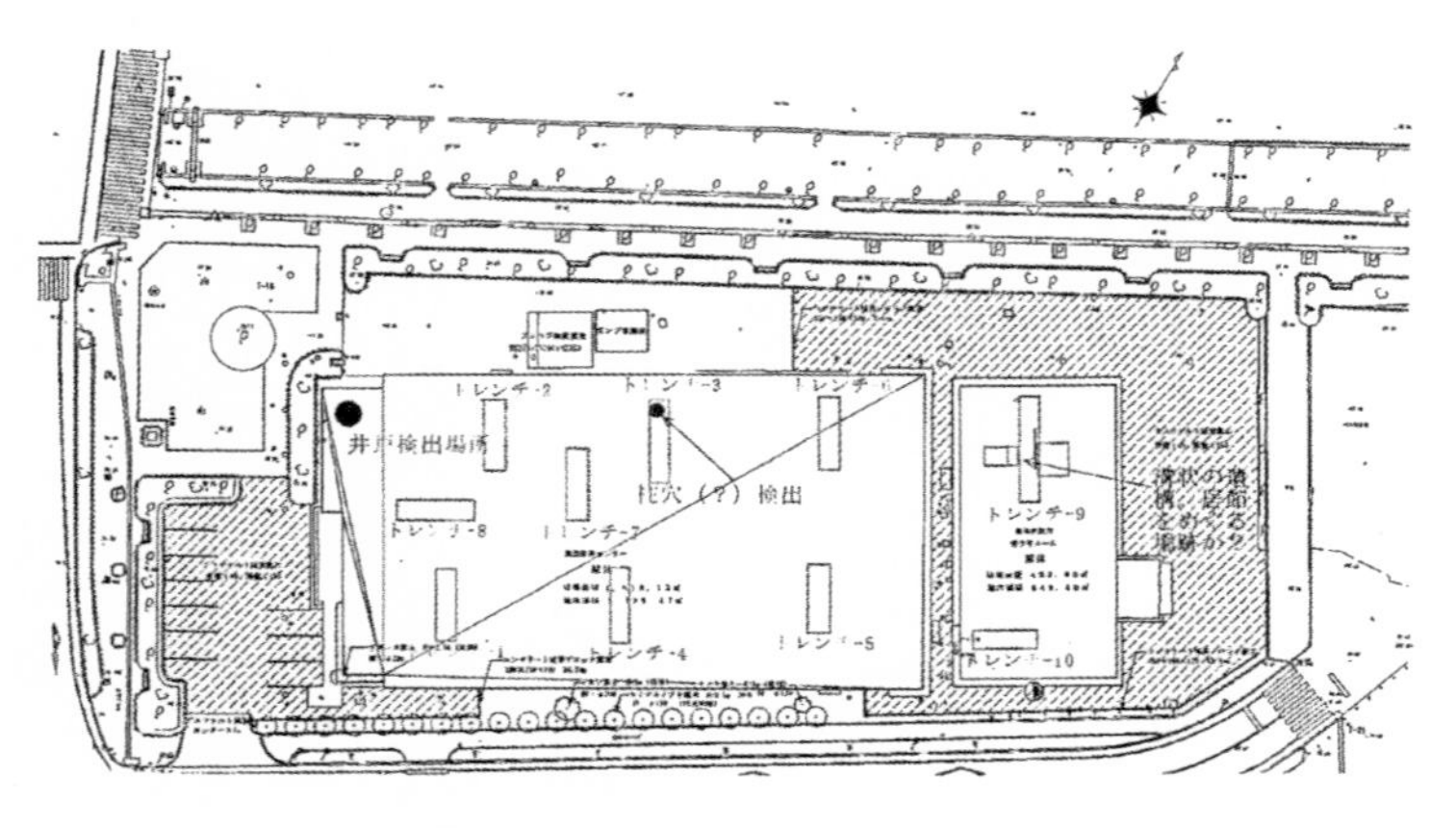

隈府城下遺跡（市立体育館・青少年ホーム跡地）確認調査結果

戦場「院の馬場」の地図　『菊池市史』

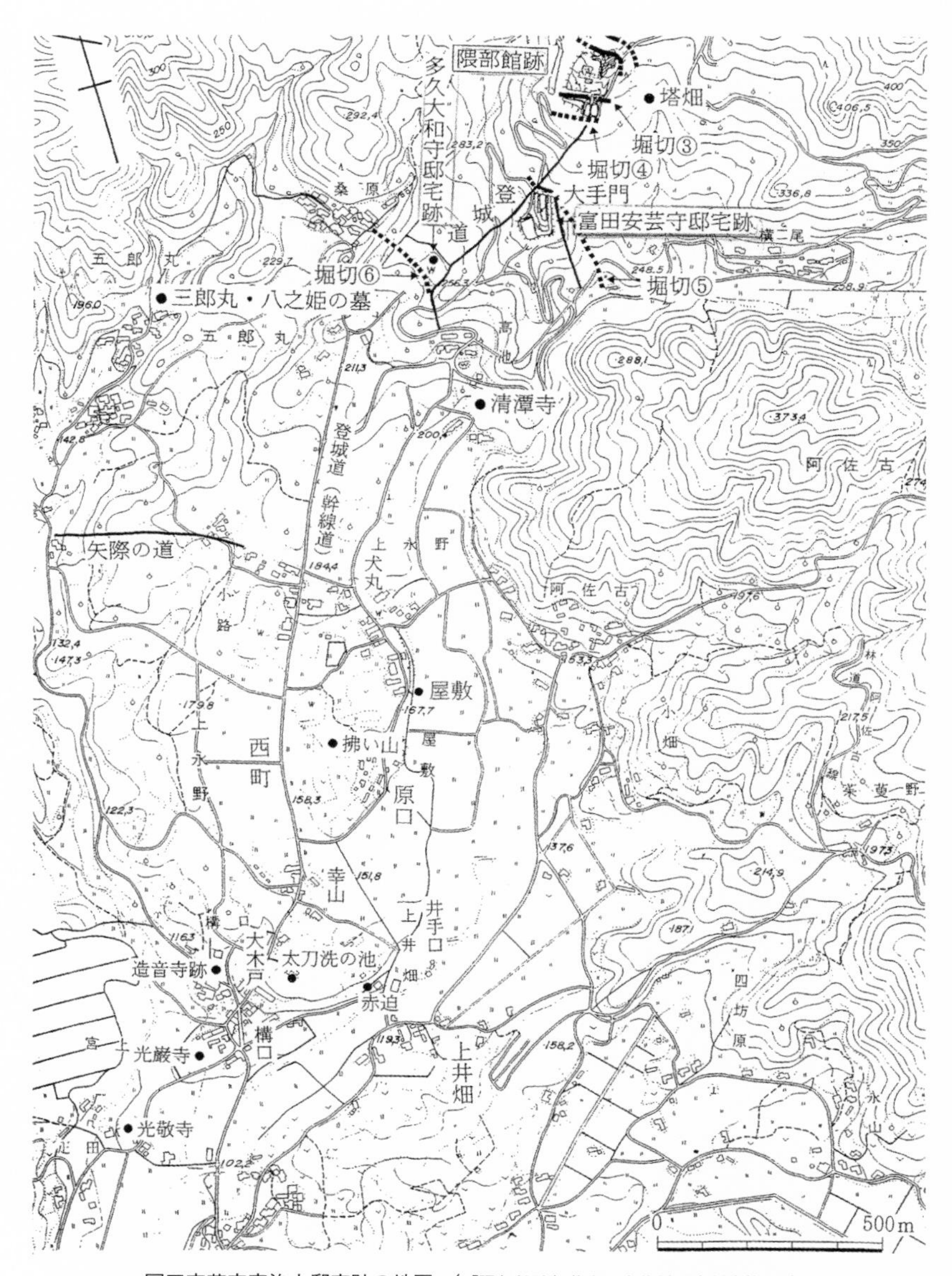

冨田安芸守家治大邸宅跡の地図　（「隈部館跡」菊鹿町文化財調査報告第2集）

冨田　巖　略歴

熊本県山鹿市在住
全国日豪協会連合会理事
熊本日豪協会理事

既刊

編著　『心のルネッサンスメイ・フリース女史の功績と人間愛』
（トライ出版）2006年6月

編著　『悠久の郷土史ロマン』（ダイコウ印刷）2014年5月
平成21年7月指定　隈部館国史跡指定記念
「隈部親永の終焉」著　長井魁一郎　の復刻版

著作　『氷筍』（トライ出版）2014年9月
天正15年肥後国衆一揆後の椿千代と
母の消息を辿るドキュメント小説

氷濤

発行日　令和三年八月一日
著　者　冨田　巖
発行者　小坂拓人
発行所　株式会社トライ
熊本県熊本市北区植木町味取三七三－一
電　話　〇九六－二七三－二五八〇
ＦＡＸ　〇九六－二七三－二五四二
https://try-p.net
E－mail　try@try－p.net
印刷製本　株式会社トライ